JN017876

明るい覚悟

こんな時代に

落合恵子

朝日新聞出版

明るい覚悟　こんな時代に・目次

明るい覚悟

こんな時代に

まえがき……同じ時を生きて

土曜の午後。空豆をさやから出している。いつの間にか、空豆の季節になっていた。街路の緑も濃くなっている。こんなときでも、春から初夏へと季節は巡る。しかし、この息苦しさはなんだろう。マスクのせいだけではない。

原因は違っても、同じような切迫感、閉塞感、無念さにうちのめされたのは九年と数か月前、二〇一一年三月十一日東日本大震災、そして福島第一原発の過酷事故。さらに、それに続く日々。わたしたちは学んだはずだった。自然をコントロールできると考えてきたことの愚かしさ、ほかの機械同様、ミスや劣化を免れることはできない原発という機械への、人間の傲慢な信仰。しかし……。

わたしたちはあの日から、どこまで来たのか？　それとも、あの日まえに戻ってしまったのか？

数日前、「緊急事態宣言」が解除された。

この新型コロナウイルス禍で、多くのひとは考え続けたはずだ。わたしもまた。

この時代とこの社会をいかに生きていったらいいのか。生きるという答えは自分の外側のどこにもなかった。人生なるものに、手本も見本もないという当然の事実とわたしは再会するしかなかった。

悲観と楽観の間を揺れながら（揺さぶられながら）、可能な限り平常心を保つこと……。わたしにはそれしか考えられなかった。平常心とは、今朝の味噌汁を丁寧につくり、味わい、旨いと感じる味覚であり感受性であり、今夜は冷や奴と焼き茄子《なす》、精進揚げでもつくろうかと考える気持ちから生まれるものではないか。さらにわたしの場合、平常心を保ってくれるもののひとつに、小さな庭での土いじりがある。庭の古い椅子に深く腰掛けて開く本がある。ある頁の、ある一行がある。土いじりも花殻摘みも、頁をめくる作業も、情報を集めての比較や選択。それらのどれもが、「手仕事」に近い。こうしたい、こうする、と考えること、感じること、欲することと夢見ることと、指先が直《ちょく》に結びつく作業である。

本書の目次を見ていただくとわかるが、「動詞」がタイトルになっている。本文でも説明しているが、「人生とは動詞」だという言葉、そして手仕事が、わたしの中でいま、より大事なものとなっている。敢えてそう呼ぶことをお許しいただければ、希望のかけらのようなもの、そしてかけらを集めて「つなぐ」という動詞が、「生きる」ことであり、「暮らす」ことではないだろうか。

いつだって、ひとたびことが起きれば、その社会における最も声が小さい側が、あらゆる意味での苦しみと屈辱をより背負うことになる。その事実に地団太を踏みながらも、風穴を開けたいと。

脱ぐ

脱ぐという行為は、ある種の解放であり、同時にそこにある空気と裸に近い状態で改めて向かい合うことでもある。

……じれったい

「脱ぐ」は当然、動詞である。動詞にした理由は、枠にきれいにおさまった名詞の気分ではいまはないと思っていたときに、突然思い出したフレーズが、「人生は名詞ではなく、動詞である」だったからだ。

誰の言葉だったろう。思い出せないでいる。翻訳された本に紹介されていたフレーズであることは確かだ。

人生でちょっとした（あるいは大いなる）壁にぶつかったとき、思いもよらぬ袋小路に迷い込んだとき、未決の事項に答えを出せないでいるときなど。ひょいと背中を押してくれそうな海外の女性たちの短い言葉を紹介した翻訳本の中で見つけたはずなのだが。米国の女性アーティストの言葉ではなかったろうか。思い出せないことが、ほんと！日々増えている。

以前は本のタイトルはもとより（好きな本は特に）、著者名や翻訳者名、刊行出版社名まですらすらと言えたのに！
これも本書のテーマのひとつ、加齢からの贈りものかもしれない、とじれったさの中で、それだけは素直に認めるわたしがここにいる。

……加齢からの

暮らしの中で年齢を意識するのは、それを記入する役所などの書類を前にしたときだけだった。特に若いと呼ばれる年代にいた頃、早く年をとりたくて仕方がなかった。なぜならわたしにとって、「若い」ということは、社会において自分がまぎれもなく受け身の存在であることを認識させられることだったから。不自由で窮屈で、屈辱的でさえあった。五十数年前に社会に出た当初の生意気な若い女はこうして、いたるところで大小さまざまな壁にぶつかり、弾き返され続けた。「若い女」であることの、なんと口惜しく、無念なことだったか。手に入るかもしれない特権は、当然、わたしにとって、人権と相容れないものだった。

善意で差し伸べられる手さえ、振り切るしかなかった。

二十二歳でラジオ局に就職したわたしは、いま思えば笑ってしまうほど「寄るな！」「触るな！」サインを高々と掲げて、会社の廊下を外までで闊歩していた。

あの頃の自分に会ったら言ってやりたい。もう少し肩の力を抜いてもいいんだよ、四六時中構えることはないだろう、本当の壁と対峙するときのために、いまはエネルギーを蓄えておいて、と。

年齢を意識したのは、そんな風に若さからくる、あるいは若さに対する社会の決めつけ、不自由さと窮屈さ、屈辱を覚えるときに限られていた。

しかしいま、老いは、ほかのどの年代とも違う未知の光景として、なぜかとても興味がある。いまが三十代であろうと五十代、六十代であろうと、未知の径《みち》という意味では変わりはないのだが、老いの中で出会うこの景色と、わたしは二度と再び会えないかもしれない、これは最初で最後の景色であるかもしれない、というファイナル感が、老いの一瞬一瞬にかけがえのなさを与えてくれる。

もの忘れはひどいし、探しものに一日のうちの計三十分は費やすようになっても、そういった変化も含めて味わってやろうじゃないかと面白がるわたしがここにいる。果たしていつまで、この面白がりが続くかどうか、正直わからない。

二〇一七年、秋のはじまりだった。本人はちょっと躓《つまず》いたという意識しかなかったが、腰を圧迫骨折した。くしゃみ、咳、寝返り、屈伸、すべてお手上げ状態。

衣服でも、社会生活でも窮屈なのは好きではないのが、ひと月ほどコルセットで固定しての、窮屈な日々が続いた。その恰好でデモもしたし、抗議集会にも参加した。よく言われた。

「落合さん、姿勢、いいですね」

ムフフフ。コルセットのせいだ。種明かしはしない。心配されたり気を遣われるのが好きではないから。いまではもの入れの片隅につっこんだコルセットを目にするときだけ、あの日々を思い出す。

「もう使わないかな？　処分してしまおうか。いや、必要となる機会がこれからさらに増えるかも」

そろそろ「後片付けの日々」だと、十年近く、服やアクセサリー類などを似合いそうな友人にプレゼントしてきたが、ここに来て突如増えたのがコルセットというのも笑ってしまう。

手放すものは確かに増えてきた。この場合は具体的なモノ、である場合が多い。並行して、獲得するものもある。こちらは精神面、抽象的なものの場合が多い。

めっきり早起きになって、夜明けの時間に小さな庭に出て朝焼けの空を見ていた午前六時少し前、突然「明るい」と「覚悟」というふたつの言葉が、わたしの中で重なった。重くはない、けれど軽すぎない、人生のファイナルステージに向かっての。朝焼けのような、覚悟のような、もの……。よし、これをタイトルにしよう。

……外と内

ずっと以前、高齢者の施設を立ち上げたひとから聞いたことがある。入所した、特に女性の場合、認知症の症状が深くなると、身に着けたものを一枚一枚脱いでしまう場合がある、という話だった。

その場にいたセラピストの友人が言った。「女性の場合は特に社会的にも家庭の中でもいろいろな縛り、抑圧があり、それらに対する無意識の抵抗が、脱ぐという行為にあらわれるのかもしれないなあ」

認知症だった母を見送って十年。わたしはいまのところは認知症と呼ばれる症状とは無縁に思えるが、「脱ぐ」という行為は好きだ。外から帰ると、まずは着ていたものを剝がすように脱いでいく。できたら、そのままバスルームに飛び込みたいが、それが許されないとき（そんなときに限ってゲラ校正が控えていたり、急ぎの返事を要するメールが入っていたりする）は、ゆったりした部屋着に着替える。それからコーヒーをいれながら、ゆっくりと外から内へとモードを変えていく。時間帯によっても違うが、そんなときによく登場するCDが、エンヤやスザンヌ・ヴェガ、アレサ・フランクリン等。

脱ぐという行為は、ある種の解放であり、同時にそこにある空気と裸に近い状態で改めて向かい合うことでもあるだろう。

……オレゴンの旅

『オレゴンの旅』（セーラー出版、一九九五年）という絵本がある。

黄金色に実った麦畑（だろう）の中を、一頭の熊と、熊に肩車されたピエロが行く表紙だ。ラスカル文、ルイ・ジョス絵、山田兼士訳の、この一冊の絵本にはじめて会ったのは、初版が刊行された頃、二十数年前のこと、わたしが主宰する子どもの本の専門店クレヨンハウスの店頭だった。以来、大好きな一冊となって、ずいぶんひとにプレゼントもしてきた。ところが、あるときから、この本は「再版未定」の一冊になってしまった。再版の報せをどれだけ待ち望んだことか。

こういった言い方が許されるなら、「わっ」と飛びつくような絵本でも、ブームになるような絵本でもない。けれど、誰かの心の奥深くにひっそりと生き続ける一冊であると信じている。その絵本の持ち主をときに温め、励まし、「少し休んだら、また立ち上がって歩いておいき」。そう背中を押してくれるような本だ。この本が好きなひととは、すぐにではなくても、いつか打ちとけてとてもいい友人になれる、と思わせてくれる絵本でもある。

わたしは密かにこの本の私的PR係を買って出て、ずっと以前に、朝日新聞のコラムなどにも書いた記憶がある。コラムに書いたときは、版元から「問い合わせをたくさんいただいています」というご連絡もあったが、それも一時的なこと。その後は「再版未定」がずっと続いた。

それでも自宅の絵本の書棚には常時この本があった。以前のように気前よくとはいかなくなったが、必要と思われる（勝手な想定のもとでではあるけれど）ひとに贈ってきた。そして、とうとう最後の一冊が書棚から消えた。どこかに在庫がないか？　版元の倉庫には？　版元の編集部には？　夜陰に乗じて忍び込み、探し出したいほどだった。ないと思うとより心残りで、クレヨンハウスのスタッフに版元に何度か問い合わせをしてもらったりした。

「熱心なお客さまがおいでですね。以前にも探しておられたお客さまがおられましたよね」

そういう版元の編集長に、スタッフは打ちあけた。

「実は、うちの落合でして」

それから数日後、一冊の『オレゴンの旅』がわたしの手元に届いた。

ああ、この表紙。この感触。生まれてはじめて本というものに出会った子どものように、その絵本を抱きしめた。実際、抱いて寝た。

送ってくださった編集長自身、この絵本が大好きで、長い間手元に置いていたご自分の一冊を「プレゼントします」。

……ピエロの赤い鼻

表紙を開くと、アメリカ合衆国の地図が。

ニューヨーク、ワシントン、ピッツバーグ、途中にモーテルの絵があり、続いてシカゴ、アイオワ、プラット川、そしてロッキー山脈、オレゴン。ストーリーは、そのピッツバーグからはるかオレゴンの森までの、ひとりのピエロと一頭の熊との旅を描いたものだ。

ピッツバーグにあるサーカス団にいたデュークという名のピエロは、オレゴンという名の熊と仲が良かった。

「オレゴンの曲芸は、いつもぼくの道化芝居のひとつ前でした」。だからピエロは、オレゴンの曲芸を赤いカーテンのこっち側でいつも見ていた。

誰かに絶えず娯楽を提供し、自らの楽しみに関しては誰も気を配ってはくれない日々……。

ある夜、熊のオレゴンはピエロに打ち明けた。

「ぼくを大きな森まで連れてっておくれ」

その晩、いつもの演技を終えると、ひとりと一頭はサーカスをあとにする。荷物なんていらないし、そんなものはない。第一の目的は「ここ」を出ることであり、熊のオレゴンをオレゴンの森に帰してやることなのだから。

旅がはじまる。モーテルにも泊まった。ヒッチハイクもした。スパイクという名のアフリカ系アメリカ人の車にも乗せてもらった。

サーカス団をあとにしてかなりの日々がたっているのに、しかしピエロはサーカスにいた頃と同じように顔を白く塗り、赤いつけ鼻をとることができなかった。彼はピエロの姿のまま旅をしていた。

スパイクが、その理由を訊《き》いてきた。

「顔にくっついてとれないんだ」

答えたピエロは、こんな風にしているのも「楽じゃないんだよ」と言葉を続けた。

それに対するスパイクの返事が……、とても心に響く。

「世界一でかい国で黒人やってるのは、楽だと思うかい?」

ピエロは答えられなかったが、この男と自分は似ている、と思った。誰かのひとつの言葉が連れてくる、深い頷きと共感。大好きなこの絵本の中で、わたしが最も好きな場面であり、台詞だ。

ピエロとオレゴンの旅は続く。ヒッチハイクも続く。車に乗せてくれるのは、セールスマンや、スーパーに勤めるスターの卵（彼女は卵のまま年を重ねる可能性のほうが高いだろう）や、ネイティブアメリカンの「酋長《しゅうちょう》」。経済的に恵まれたひとたち、セレブはピエロと熊を車に乗せてはくれなかったのだろう。かかわりたくない、と砂ぼこりをあげて、猛スピードで彼らの横を通過するに違いない。ドナルド・トランプだってそうだろうヨ。絵本には書いていないが。しょうもないこの大統領が誕生するずっと前に、刊行された絵本であるのだから。

最後に、一頭とひとりはオレゴンの森に到着する。いや「最後」ではない。熊のオレゴンをオレゴンの森に帰すことに成功はしたけれど、それはそれでひとつの達成であるけれど、白粉をつけ赤い鼻もそのままのピエロの旅はまだ終わっていない。

翌朝。ピエロは「ぼくの旅」に出る。真っ白な雪原に、リンゴみたいな、大ぶりな苺みたいな、一輪の赤い花のような真っ赤な鼻を脱ぎ捨てて立ち去るピエロの後ろ姿が、最後の頁には描かれている。ピエロであることを「脱いで」、自分自身を取り戻しつつある彼である。……と、書いてもこの絵本のすばらしさは伝わらない、ナ。

この本をなんとか復刊したい、とクレヨンハウスのスタッフたちと話した。毎月、絵本を届けるブッククラブ「絵本の本棚」のチーフが手をあげてくれた。

「五百冊ぐらいなら、うちのセクションで引き受けられます」

生協などからの注文を受けるセクションのチーフも「うちもできます」。よーし。なんとか再版に漕ぎつけられそうだ。

最後の一冊をわたしに贈ってくれた版元の編集長も「見通しがたてば、すぐにでも再版します」。そうおっしゃっていたという。

なぜ、わたしはこの絵本がこんなにも好きなのか。そしてなぜ、わたしは友人知己にこの絵本をせっせとプレゼントしてきたのか。最初に手にしたあの日以来ずっと。

たぶん、と思う。ピエロがそうであったように、馴染みすぎた「つけ鼻」をとることは誰でも容易ではない。けれど、それを捨てることができるのは、ほかでもない自分しかいない。誰かに、そして自分自身にもそう言って背中を押してやりたい日が、誰にでも少なからずあったからに違いない。

顔の真ん中につけ鼻はついていないか？　さ、鏡を見てみよう。

P・S　『オレゴンの旅』は二〇一八年、らんか社から再版。

刻む

いのちはいつかは消える。だから、それゆえに、それとも、けれど、しかし……。その存在を深く心に刻む。

……増える植物

部屋いっぱいに差し込んだ朝の光が、リビングルームのオフホワイトの壁を淡いオレンジ色に染めあげていく。東向きの大ぶりなガラス戸にかけたカーテンを全開すると、晴れた日には真冬でも暖房が不要なほどのこの部屋を、わたしは気に入っている。

できるだけ少ないもので暮らそうと決めながら、この部屋でいつの間にか増えてしまったのが植物たちだ。観葉植物と呼ばれるグリーンたちだが、彼女たち（彼らか？）は、なにもわたしたち人間に観賞されるために、いのちを生い茂らせているわけではないだろう。自らの自然を生きているだけだ。だから観葉植物という名称を使うことにもいささかの抵抗を覚える。言葉というのは実にやっかいなものだ。

日当たりがいいせいか、部屋の中の緑たちの生育もすこぶるいい。いままでは丈がほぼ三メートル以上にも伸びて、あと少しで天井につかえそうなパキラも、この部屋にやってきたときはわたしの背よりも低かった。ベンジャミンもドラセナもモンステラもフィカスもサンセベリアもカーテン越しの光で元気に育ってくれた。移動させる際に折れてしまった枝は水をはった縦長の器に差しておき、根が出たところで鉢に植え替えればほとんどが育つ。

おかげで、リビングルームは「ちょっとしたジャングルね」。訪れた友人たちに言われる。親株から子株、孫やひ孫、玄孫《やしやご》にあたるものまで所狭しと並び、次々に誕生する小さな緑たちは同好の友人たちにせっせとプレゼントしているのだが、さらにまた増えていく。

二十年近く前までは、アジアンタムが苦手で、苦手なくせに「今度こそ」と買い求めて枯らしていた。水やりは当然だが、エアコンが効いた部屋では、葉にこまめに霧吹きでシリンジをすること。万が一枯れそうになったときは、思い切って根元あたりでカットしてところどころに穴を開けた透明な袋をかぶせ、時々シリンジしてやる。お風呂場に置いてもいい。しばらくするとやわやわとした芽が出てくる……。こうしてわが家の緑たちは、年々増えていくのだ。

先日も大きなプランターを移動している最中、ドラセナの枝を折ってしまった。水につける部分を斜めにカットして差しておいたら、Ｏｈ！　真冬であるのに細く白い根が次々に。根が出たらいつまでも水につけてはおかないで、グリーン用の土を入れたプランターに植え替えれば、しっかり根づいてくれる。おおもとのドラセナからすれば、これもひ孫にあたる。

わたしを黙らせるには、手入れが必要な植物がありさえすればいい。一日中でも遊んでいる、というか、遊んでもらっている。

……種子と鼻息

二月になれば、さまざまな種子《たね》が手元に届く。春から夏に咲いてくれるはずの種子たちだ。

冬の間の素人園芸家は水やり以外、どちらかというと静観状態にある。庭にはいま、オレンジ色と黄色、アクセントカラーとして紫と白のビオラが咲いてくれている。これらは昨秋早くに蒔《ま》いた第一グループの種子から育ってくれたものだ。それより二十日ほどあとに種子蒔きをした第二グループのビオラもぽつぽつと蕾《つぼみ》をつけだした。新年に飾りたかった葉ボタン（なんと！クレオパトラという種類の名だ）も芯の部分がきれいなローズ色になった。スイートピーや矢車菊、デルフィニュームやアグロステンマなども生育中。

白や薄紅、濃いめのピンク等の花をつけるアグロステンマは、ヨーロッパでは麦畑の雑草と呼ばれているそうだ。球根性のムスカリやヒヤシンス、チューリップも固い芽を出しているし、水仙類はすでに黄色や白の花をつけて、いい香りをさせてくれている。春一番、どうかすると前の年の暮れから花をつける水仙は、植えっ放しでもどんどん増える。これらはすべて昨秋に種蒔きをしたものか、そのまま地植えにしておいたものか、夏の間は掘り上げて風通しのいい涼しいところに置いていた球根たちだ。

「いつやるの？」

半ば呆れ顔の友人たちは言うが、実働はだいたい深夜となる。二月も末となると、この素人園芸家は再びの活動期を迎える。幕開けは部屋の中での、金蓮花、別名ナスタチウムの種子蒔きから。ミントなどハーブ類の種子蒔きがそれに続き、昨秋に蒔いたスイートピーやアグロステンマ、矢車菊が一年ぶりに再会する大好きな花をつける頃、八重桜が散る頃に夏に向けての種子蒔きがまたはじまる。

これで、傍らに愛犬がいてくれたら、なにもいらない。そう考える瞬間がある。

愛犬バースが元気だった頃、彼はよく種子蒔きをするわたしにつきあって、肩すれすれに顔を寄せては鼻息で小さな種子を四方に飛ばしてくれた。朝顔などの大振りな種子はいいのだが、ロベリア等の細かい種は飛んだ先を探すことはできなかった。コルクタイルの床から発芽することも当然なかった。それでも、安心しきった様子で、力を抜いて四十三キロの体重をそのままかけてくるいとしいものがそこにいることで、わたしは文句なく幸せだった。あの重さが懐かしい。

……犬の借景

バースが死んでしまったあと、もう一度だけ犬と一緒に暮らしたいと夢見たこともあったが、自分の年齢を考えると……、果たせないまま十数年がたつ。

友人たちの中には保護犬を引き取って一緒に暮らしているひともいる。その家にやってきたときはどこかおどおどした様子だったコが、半年もたつとソファの上に仰向けになり両手足を全開、おなかも見せて解放感溢れる姿で寝ている姿などが時折り画像で送られてくる。

よかったね、どんどん甘えろよ。脅えた日々を、きみの記憶から消していけよ。

「いぬは／わるい／めつきはしない」という詩がある。お見事！と言うしかないこの詩を書いたのは、当時六歳の女の子だった。児童文学者の灰谷健次郎さんたちが編まれた子どもたちの詩集（『子どもの詩集　たいようのおなら』長新太絵　のら書店　一九九五年）に収録された一編だ。

そう。犬は悪い目つきをしない。もし、悪い目つきをした犬がいたとしたら、それは人間社会がそうさせてしまった可能性が高い。近年はかなり減ったと言われているが、それでも処分される犬や猫は少なからずいる。そういった保護犬を介助犬にする活動をされる人たちも増えてきた。

元旦に各部屋のカレンダーを替えた。リビングルームのそれは、保護犬をサポートしている人たちが発行するカレンダーで、裏表紙には、マハトマ・ガンジーの言葉が紹介されている。

The greatness of a nation and its moral progress
can be judged by the way
its animals are treated.

その国の偉大さ、道徳的な発展は、その国における動物の扱い方でわかる……。

確かにそうだろう。カレンダーの一頁目には、伸び伸びと日向《ひなた》で遊ぶコや、ベンチの上でへらっと笑っているコ、目を輝かせてなにかを見詰めているコや……。同居人が自慢するコたちのスナップ写真は、見るものの気持ちを豊かにしてくれる。ハナ、草太、ゴン太、モカ、ポコ、ナナ、サラ等々。新しく贈られた名前たち。それぞれのコがそれぞれの「わが家」にやってきたとき、たぶん家族が集まって喧々諤々《けんけんがくがく》、漸く決まったであろう名前に違いない。

保護犬のこのカレンダーを毎年送ってくださるのは漫画家の柴本礼さんで、彼女の家にも「さくら」という名の十歳の柴犬がいる。さくらもまたつらい日々を経て柴本さんちのコになったのだ。

「年齢を考えて躊躇《ちゅうちょ》するなら、成犬を譲り受けることもできるのよ。万が一、あなたが死んだら、わたしが飼うから」。犬好きの友人たちはそう言ってくれるが、飼い主に一度は捨てられて家族を失った犬が、ようやく見つけた新しい飼い主、つまりわたしが死んだ場合、再びの喪失感を体験することになる。その、喪失感をそのコはどう解釈するだろう。

いまのわたしは、犬の「借景」がいいのかもしれない。

時間的に余裕のある朝、少し速足で散歩をする。毎朝と言いたいところだが、怠惰なわたしは一度さぼり癖がついてしまうと、さぼるための理由はいくらでも見つかる。それでも朝の散歩に出るときに出会う、柴犬の風太やレトリーバーのジョイ、甲斐犬の翔、フランス語の名前が覚えられない三匹のスコッチテリア等々、みな借景の中のコたちだ。

子どものときからほぼずっと犬が傍らにいた。干し芋をもって、一緒に家出をしたのは初代の柴犬チロだった。四歳頃だったたか。そしてたぶん最後になるであろう犬が、バースだった。

バースも時々二階のベランダから、くいと頭をもたげて遠くを見ていたことがあった。その写真の一枚が手元にあるのだが、横顔がなんとも美しい。

あのとき、一体彼はなにを「借景」していたのだろう。その記憶に、なにを刻んでいたのだろう。

……二〇〇三年十月四日

二〇〇三年十月四日、バースは死んだ。十三歳と十か月だった。ゴールデンレトリーバーの、素敵なやつだった。

後ろ足で立ち上がると、立ったわたしの鼻のあたりに彼の口があって、ついでにといった感じで、ペロリと鼻の頭を舐《な》められた。

母を自宅で介護していたおよそ七年間も一緒だった。杏形の大きな黒い目。ソバージュ風にそこだけ細かくベージュ色の毛がカールした垂れた耳。その耳を持ち上げて顔を寄せて、

「バース、大好きだよ」

そう囁くと、彼は大きな尻尾を左右に振って、再びわたしの顔を舐めるのだった。

夏には朝五時三十分頃、冬になると六時過ぎに、リードをくわえてわたしのベッドに飛び乗ってきて、「散歩に行こうよ」。ベッドの上で足踏みをした。成犬になっても喉の奥からクウクウと甘えた声を出しながら。

バースはわたしがはじめて四六時中家の中で一緒に暮らした犬であり（その前のコたちは庭の犬小屋）、普段はわたしの寝室のベッドの下で寝ていた。

しかし、母に介護が必要となって母の部屋に簡易ベッドを置いてわたしが寝るようになってからは、午前一時頃と五時頃の二回、そろそろと忍び足（に思えた）でやってきては母のベッドを覗きこみ、それから再びそろそろと自分の寝場所に帰っていったものだ。

バースにとって、あれはなんだったのだろう。いまでも不思議だ。時計を読めるはずもないのだが、決まって同じ時刻にそうしていた。

バースは三日間入院して、そして死んだ。これ以上、介護するものを増やしてはいけない。そんな風に決めたわけではないだろうが、あっけなさすぎる最期だった。

当時の母は、現実と、ここにいながらにして意識がどこか遠くを彷徨《さまよ》うような状態の中を往復していた。「こっち側」という現実と「あっち側」という空間。それから数年してから、認知症という呼称がついたが、「まだら」な覚醒と意識の遊泳の中で母は揺れていた。

「バース、どこに行ったの？」

バースが死んだ翌日の夜だった。いつになくはっきりとした表情と口調で、母は真っすぐにわたしを見て訊いた。一瞬言葉に詰まったが、次の瞬間わたしは言っていた。

「……お散歩」

「おさんぽ？」

「そ」

頷いて、それから母は再び「バースはおさんぽ」と呟いてから眠りに落ちていった。

散歩は必ずわたしと一緒だった。バースだけで散歩ということはない。そのことを母はわからなかったのか、あるいはなにかを察していたのか。あの夜以来、母はバースのことを訊くことはなくなった。

母の中でずっと「お散歩」だったバースは、二〇〇三年以来、真珠色と金色の布に包まれた壺の中にいる。わたしが死んだら、一緒に埋葬するように頼んである。

大きな犬だったから骨壺も大きくて、はじめてそれを見る人は、ぎょっとするらしい。

いまはもう少し長く母犬と暮らしたほうがいいと言われているが、生後四十日にわが家に来たバースである。以来、分厚いアルバムは十冊以上ある。

生まれつき後ろ足の一方が形成不全だった。いくつかの動物病院を回り、悩んだ末に手術はやめた。形成不全も含めて、彼は彼だと決めるまで数か月を要したが。

ちょっと目を離したすきに、朝食にスクランブルエッグと一緒に食べようとテーブルに置いていたフランクフルトソーセージを彼がくわえて、まさに食べようとする瞬間に立ち会ったことがある。人間用の塩分が濃いソーセージは食べさせないようにしていた。その彼が、ソーセージを葉巻のようにくわえている。

「なにしてるの？　バース」

彼はかたまったまま頭を垂れた。ソーセージはくわえたまま。

今回だけは食べていいよ。そう言ったが、ソーセージをくわえたまま彼はかたまり続け、最後にポイと口から出して、わたしに背を向けた。以来十数年間、一度もソーセージを口にしたことはなかった。

『ずーっと ずっと だいすきだよ』（ハンス・ウィルヘルムえとぶん、久山太市やく 評論社 一九八八年）という絵本がある。人間より早くに年を取る犬のエルフィーと「ぼく」との日々、そして別れを描いた作品だ。草の上に並んで座った犬と「ぼく」の後ろ姿が表紙だ。

いのちはいつかは消える。だから、と言うべきか。それとも、でも充分に通じるかもしれない。それでも、でもいい。

いのちはいつかは消える。だから、それゆえに、それとも、けれど、しかし……。その存在を深く心に刻む。

泣く

新入社員である頃、わたしは心に決めた。「あいつら」の前ではなにがあっても涙は見せない、と。

……公園の片隅

都心の桜はほぼ散ってしまったが、時折、散ったはずの花びらが一枚、風に乗って舞い落ちてくる。少し遅れて咲いた花が枝にあるのだろう。早く咲けば早く散り、遅く咲けば散るのも遅くなる……。自然はうまい具合に機能しているものだ。

快晴の午後だった。公園の片隅に真新しい黒いランドセルがしゃがみこんでいるのが目に入った。十分ほどの途中下車。テイクアウトしたコーヒーを飲もうと思って、立ち寄った公園だった。ランドセルの向こうに、これも真新しい黄色い帽子が見える。この春、小学校に入学した一年生だろうか。ランドセルのどこにも傷はないし、照れ臭くなるほどピカピカだ。なんだか落ち着かない気もしてくる。

しかし、あの子はひとりでなにをしているのだろう。変わった虫でも見つけたのか。

わたしは虫が大好きな子どもだった。ポケットの底に、ヤモリやトカゲを飼おうとしていたこともある。彼らは半日ほどポケットをすみかとして、知らないうちに出ていってしまったが。

ランドセルが少し動いて、「えっ、えっ、えっ」という声が聞こえてきた。嗚咽《おえつ》である。奥歯を食いしばっているのに、つい漏れてしまった、そんな泣きかただった。

「どうしたの？」なんて、訊かないし、訊けない。ちょっと動揺しながらも、わたしは心に決める。絶対、訊かない、と。

泣いているところを誰にも見せたくない、見られたくないと思うときが子どもにだってある。だから、ひとけのない公園の片隅でしゃがみこんで、彼は地面とにらめっこしていたに違いない。

「えっ、えっ、えっ」が続いている。

邪魔をしてはいけない。それでも少しだけ不安で、わたしは彼から十数メートル離れたところにある古びたブランコに移動した。そして知らんぷりして、春の空を見上げた。甘い藍色の午後の空だ。

学校でなにかあったのだろうか。誰かになにか言われたのだろうか。それとも大事な宝物をなくしてしまったのか。子どもはとんでもないものを宝物にする。

「……ちゃん」。誰かの呼ぶ声がした。

顔をあげた男の子がゆっくりと振り向いた。振り向くとき、青色のトレーナーの袖口のあたりで顔をぐいと拭いたのも、わたしは見てしまった。

丈の高いツツジの向こうから、藤色のニット帽をかぶった女性が現れた。帽子からのぞく前髪が銀色に輝いている。

「おばあーちゃん」

男の子が声をあげて、もう一度袖で顔を拭いてから、祖母に駆け寄っていく。そして全身の力をこめて、どん、と体当たりした。

「あらあらあら」

祖母が声をあげて、両腕でランドセルごと受け止める。これで、大丈夫。わたしは冷めかけたコーヒーを飲み干してブランコをひと漕ぎしてから、立ち上がった。

午後の光を全身に浴びて、つないだ手を大きく前後に振りながら、ふたりは公園を出ていった。

……まちがってもいいところ

約束の場所に向かいながら思い出した詩がある。「教室はまちがうところだ」。ご自身、教師であった蒔田晋治さんが書かれた作品で、絵本にもなっている（『教室はまちがうところだ』蒔田晋治・作　長谷川知子・絵　子どもの未来社　二〇〇四年）。

わたしは大人になってからこの詩に出会ったのだが、小学生の頃にこの詩を知っていたら、どんなに心安らかだったろうと思ったものだ。

間違えてはいけない、と教室で耳の下まで上げた手を急いで膝の上に戻したことが、どれほどあったろう。名前を呼ばれ指されて立ち上がった途端、喉の真ん中にラムネの玉のようなものがせりあがってきて、声を失ったこともたびたびあった。

「教室はまちがうところだ」と、最初の一行が安心を連れてきてくれる。「まちがうことをおそれちゃいけない」と。特に以下のフレーズが心に響く。

はじめてあげた手
先生がさした
どきりと胸が大きく鳴って
どっきどっきと体が燃えて
立ったとたんに忘れてしまった

そうして、「私はことりとすわってしまった」。詩はまだまだ続くが、「ことり」とすわるというフレーズに、頷くわたしがいる。わたしも「ことり」とすわっていた。「ことり」とすわる子どもの淡い屈辱、そして自己嫌悪。次の休み時間が来る頃にはすっかり忘れていたとしても、その子にとっては大きな体験だ。教室に限ることはない。職場だって同じ。

もしここに小学生の頃のわたしや、新入社員だった頃のわたしがいたら言ってあげたい。間違ってもいいんだよ、間違ったら直せばいいんだ。間違うことを怖れて、沈黙の中で固まっちゃあ、いけないよ、と。そのためにもときに、ちょっとだけ自意識というカーディガンを脱いでみないか。もう温かいのだから、と。

公園にいたあの子はいま頃どうしているだろう。おやつを頬張っているかもしれない。お祖母ちゃんに、学校であったことをぽつりぽつりと話しているかもしれない。お祖母ちゃんもそれに、ぽつりぽつり答えているかもしれない。空豆のさやを剝《む》きながら。

……下のまぶたの効用

「女はすぐ泣くからなあ」

二十二歳で就職した会社で、ため息混じりのそんな言葉をよく聞いた。言っているのは男性で、困った、まいったよと言いながら、どこか楽しげにも見えた。

それより前、女子中、女子高を経て入った共学のキャンパスでも同じような言葉を耳にしたことがある。そんなもの言い自体、いまや伝説でしかないし、いまなら笑い飛ばすところだが。

新入社員である頃、わたしは心に決めた。「あいつら」の前ではなにがあっても涙は見せない、と。いま思えば、「あいつら」だって、よき夫、よき父であり、「あいつら」自身、組織の中で屈辱に身を震わせ、必死に涙をこらえたときがあったはずだが。若い娘は「あいつら」の日常を想像するよりも、自分を護《まも》ることに精一杯だった。

なんだかやたら肩に力を入れていた。「アメリカンフットボール」というのが、「ハリネズミ」と同時期にわたしについたニックネームだった。あの頃、わたしの下まぶたは涙をせき止めるためのもの、でしかなかった。涙を流しても落ちないマスカラというのが発売されるずっと前のこと。しかし、誰が開発したものなのだろう。落ちないマスカラや、落ちにくい口紅。なんだか不自然な気がする。

ギリシア出身の俳優で後に政治家になった故メリナ・メルクーリ。映画のタイトルは忘れたが、マスカラが溶けた黒い涙を流すシーンがあった。彼女の名言に「ギリシアに銃はいらない」というのがあった記憶がある。

「わたし、大晦日《おおみそか》だけは大泣きするんだ」

そう言った女友だちがいる。イラストレーターをしながら小さな編集プロダクションを経営していた。

「いちいち泣いていたら、脱水症状になっちゃうよ。勝手でいばりくさるクライアント。こちらから、お宅さまとはおつきあいしかねますと宣言したいほど。でも、それやったら、おしまいじゃない？　頭さげて、頑張ります、と言って唇かみしめてオフィスに戻った夕暮れ時。そろそろ一人前になってきたなと期待していたスタッフが、ちょっとお話が。ほかにやりたいことができましたので、辞めます、バイバイ。去っていく若いスタッフの希望に満ちた背中を見送りながらふっと思う。いまのわたし、猫背になっていない？　そんなのヤダ、惨めだと背筋を伸ばしながら、下まぶたで涙を止めて……。彼女の背中に声をかける。元気でね、でも無理しちゃだめだよ、健康が基本だからねって。それから自分に言い聞かせるの。こんなことでめげているわたしじゃないよって」

彼女の述懐は続く。

「泣きたくなったこともずいぶんあったわよ。毎月やりくりして支払いをすませて、ヒーヒー言いながら、そんなことおくびにも出さず、吹けば飛ぶような零細企業を維持して……。それでも消費税、いっぱいとられてさ。誰が泣くもんか、これしきのことで涙なんか流すかって」

そうして、待ちに待った大晦日の夜。

「存分に泣くんだ。……今夜は泣いていいよって、自分に許可して大泣きしてやる。思い切り泣いて泣いて、その後は、懐かしいDVDなんか観て、またじんわり泣いてるわたしがいる」

おかげで元日は頭が痛いし、目が腫れて「人には会えない」彼女になるのだという。

その彼女が四十数年やってきた会社を次の世代に手渡して、リタイアしたのは去年だった。

彼女を見送る日。いつもの事務所でワイングラスと花に囲まれた彼女は、いつもと同じように肩までの髪をゴム紐でまとめていたが、「さてと、お色直しの時間」と一声吠えてトイレに飛び込み、しばらくして再登場したときは、深いミッドナイトブルーのオーガンジーの優雅なロングドレス姿だった。

「人知れず流した涙が、こんな色のドレスになりました」。黒髪はきれいなシルバーヘアーに変わり、目じりに刻まれた笑い皺《じわ》も、みんなからの花束を抱えた両腕のたるみさえ、ほんと！　素敵だった。

「これからなにするの？」

誰かの問いに彼女は微笑《ほほえ》みながら答えた。

「わたしがわたしをやらないで、誰がわたしをやってくれるの！」

「へたっぴーなコピーだ。それじゃクライアントは満足しないよ。クレームがつくよ」

誰かがジョークを飛ばし、彼女は「確かにね」と答えて、顎をあげて快活に笑った。

いま彼女はボランティアで、高齢者の施設等でイラストや塗り絵の教室を開いている。

「最近？　しょっちゅう泣いてるよ。ドラマ観ても音楽聴いても、遠慮なく泣いてる。だから、大晦日の儀式はわたしの暮らしから消えたわ」

……人生の「改竄」

母を見送って、十年になる。

そして、二十一年ぶりに小説を刊行した。介護、老い、次世代への諸々の手渡し。生と死、喪失と獲得を描いた三百枚の小説だ。

タイトルは『泣きかたをわすれていた』（河出書房新社　二〇一八年）。泣きかたを忘れていたわけではないが、前掲の、彼女のようなところがわたしにもあったことを認めざるを得ない。

子ども時代から人生のファイナルステージが近づく七十代の現在まで。主人公の彼女はなにを失ってきたのか。逆に加齢とともに手にしたものは？　彼女にとっての老いとは？　それは喪失を意味するものなのか。あるいは、喪失と並行して、新しい季節と景色を獲得するものなのか。

わたし自らの老いへの問いも、書いている間中、わたしの心の底では、意識的に耳を傾けないとつい聞き逃してしまうほどの静かで低い、少しくぐもったメロディとして流れていた。認知症の中にいる母親に「おかあさん」と呼ばれた衝撃。風呂場で、その母のセクスを洗うときの、ためらい。誕生日のケーキを鷲掴みにして口に運ぼうとする母親の姿。

おかあさんは、そうやって自分の人生を鷲掴みしてもよかったのに。遠慮ばっかりして。

それらの思いは、すべて母の傍らでわたしが体験したものだった。そのときの揺らぎや、息詰まる思い、落ち込みには、エッセイではなかなか書けない微妙さがあった。

最悪の状況において、なんとか明るさを見つけ出し、ため息を笑いに変えてしまう。わたしの反射神経は、そんな風に機能する。誰だって、決して容易ではないそれぞれの人生を生きているのだ。おかしな言い方だが、「生きている限り、生きていかなければならない」のだ、誰もが。

自分だけが重たい荷物を背負っていると勘違いするな！

そういった感覚が、主人公の冬子の人生から涙を遠ざけてきた。

いいとか悪いとかではなく、冬子はそう決めて、そう生きてきてしまった。いまはやりの言葉で言うなら、感情生活のある部分を、「改竄《かいざん》」してきてしまったのかもしれない。

森友文書の改竄は、許しがたいわたしたち市民と民主主義への背任行為だが、感情生活の改竄だって問題かもしれない。母親を見送り、何人かの愛する人たちを見送ったあと、病院での検査結果を待つ冬子は思うのだ。

「……人生は一冊の本である。そう記した詩人がいた。もしそうであるなら、今日までわたしはどんな本を書いてきたのだろう。（略）もしそれに色があるとしたら、何色に染まっているのだろう。単色ではないだろうが、どの色が勝っているだろう」

そうして冬子は、以前は気が遠くなるほどの長編と思えた人生という一冊の本が実際は、驚くほどの短編であったことを思う。

「ひとは（略）ひとつとして同じものはない本を一冊残して、そして死んでいく……」と。

それは街の書店にもないし、アマゾンに注文して取り寄せることもできないし、自分の家の書棚にも、古書店にも置かれることはない本だ。誰かが遺していった、そのひとの人生という一冊の本。そして、その本の頁が開くのは、

「誰かがそのひとを思い出す時だけ」

冬子は最後にどこからかの声を聞いたように思う。

「もう、泣いてもいいんだよ」

それは、冬子が愛し、見送ったひとたちの誰かからの声に思える、と小説は終わる。

冬子はきわめてわたしに近い存在だ。

あなた。泣きかたをわすれていませんか？　下のまぶたに力が入りすぎていませんか？

放つ

手放したがゆえに、手放したものへの思いが深くなることも、わたしたちにはあるに違いない。

……解き放つ

「放つ」という動詞がある。たとえば「解き放つ」。なんとも晴れ晴れと風通しのいい語感ではないか。

「解く」のも気持ちいいし、「放つ」という行為も解放感を連れてくる。

洗いたてのスニーカーの紐を、緩すぎず、けれどきつすぎない程度に結んで、「よーしっ」と気分も軽く朝の散歩に出るとき、心は解き放たれているはずだ。

もちろん条件はある。憂いも翳《かげ》りも不安も心配もなく……そんなことはめったにないのだが……、少々気が重い仕事は昨日までに完了。気になる人の気になる体調も、今週は回復というファクスを受け取ったばかり。お礼状の類も滞っていないし、出欠を報せなければならない返事も、すべて出し終えている。送られてきた著書の感想も……これは時々大幅に遅くなる……昨夜、投函した。

気持ちがこもった手紙を書くのは難儀だ。それも、受け取ったひとが重く感じない程度に、軽やかにさりげなく気持ちをこめるとなると、なおさらのこと。

ともかく、めったにない完了・完結状態で迎えることができた、上出来、稀有《けう》なる朝。まさに、その朝の中に自分という存在を丸ごと「放つ」心境だ。

どこにでもお行き、わたしよ。走ってもいいし、ゆっくり歩いてもいい。道端の露草の花のあの藍色をしゃがみこんでじっと見ていてもいい、と。

空は青く、今年最初の向日葵《ひまわり》が一輪だけ開花しつつある朝である。朝顔は蔓《つる》をさらに空に向けている。

夏の初めの日、支柱から何本ものテグスを生垣に伸ばしてひとつひとつを結び、それに朝顔の蔓をはわせてみた。

アーリー・ヘブンリーブルーという早咲き西洋朝顔の、透明感のある青色の花が次々に咲くと、ちょっと見には花が空中にぽっかり浮かんでいるようにも見えるのが楽しくて、去年から朝顔にはテグスを使っている。額から汗をしたたらせながら、一本一本テグスを生垣に結び付ける作業は結構大変だが、気に入っている。

とにかく、そんな朝の散歩はまさに「解き放つ」という言葉にぴったりだ。

「放つ」といえば、「異彩を放つ」という言葉もある。

ひときわ異なって見える、一段と優れて見えるという意味だが、あまり心は弾まないナ。異彩であろうと、異才であろうと、勝手に「放ってください」というのが正直なところだ。わたしは「敬しつつ、遠くから見ております」。あまり距離を詰めたいとも思わない。

異彩を「放つ」ひとに、最近会っただろうか。あまりないような。若いときは違った。学校でも、職場でも取材先でも、異彩や異才に少なからず会えたような。最近はそんな出会いがあまりない。出会いがないのではなく、わたし自身が年を重ねたせいもあるかもしれない。

一見、異彩を「放つ」ように見える、あのひとも、このひとも、みんな「ただのひと」。わたしたちの多くがそうであるように、しょうもないことに悩んだり、迷ったり、躓《つまず》いたりしながら、再び起き上がっては、なんとか今日を明日につなごうとしている、そんなひとりに違いない……。そう思うようになったからかもしれない。

そういう意味で、心からの共感と敬意をこめて、「ただのひと」と呼びたい。そして、「ただのひと」がもっとも素敵だ、と。改めて向かい合ってみると、世に流布された異彩や異才カラーが消えて、いとおしい「ただのひと」が内側から浮かびあがってくる。そんな瞬間、「ただのひと」が輝きを放つ。つかず離れず、この「ただのひと」とずっとおつきあいをしたいと心から思う。

ことさら、他者と違うという点を強調するひとは論外。なんか疲れるし、みんなとは違うんだよ、アタシ、という自意識が痛い。こちらは、敬さずして遠ざけたい。

ただのひとがいいなあ。自分の弱さや、だめさ加減に苛立ちながらも、諦めに人生を明け渡さず、「まあ、こんなもんですかねえ」と肩すくめ、頭掻きながら、誠実に生きているひと。力をもってして周囲をねじ伏せることを恥ずかしいと思うひと。適度に抑制もあり、けれど他者にはそれを押し付けないひと……と、いろいろ言葉は浮かんでくるが、こういう「ただのひと」を生き切ることができたら、最高だなあと思う。

「ただのひと」とは、しょうもない自意識とか自家撞着から「放たれている」ひと、とも言える。

……小さな店

『Life　ライフ』というタイトルの一冊の絵本がある。作＝くすのき　しげのり、絵＝松本　春野。瑞雲舎から二〇一五年に刊行されたものだ。

表紙には赤いエプロンをかけた年を重ねた女性がひとり。えっ？　女性かな？　年を重ねることは、セクシュアリティからも「放たれる」ことであるのかもしれないが。

表紙の中のそのひとは、正面からこちらを向いている。その前には紙の小さな袋がいくつも並んでいる。赤やグリーンや青や黄、いろいろな細いリボン（毛糸かもしれない）で口を結んだ紙の袋だ。

タイトルのLifeの「f」の上に、黄色い蝶々が止まっている。

表題のライフというのは、店の名前だ。そういう名のスーパーマーケットがあったような記憶もあるが、絵本の中の、町外れにあるその店は小さく狭い。店であるのに、そこにはスタッフもいない。無人の店なのだ。なにかの売買をしているわけでもない。

しかし店には品物が置いてあり、お客も訪れる。お客は店にやってきて、「必要なものや、気にいったものがあれば持ってかえります。／そのかわり、自分が使わなくなったものや、だれかに使ってもらいたいものをおいていくのです」。

冬のある日、年老いた女性がひとり店にやってきた。表紙のひとである。彼女は表紙にもあった小さな紙の袋をいくつも棚に置いていく。

花を育てることが好きだったつれあいが亡くなった。

「おじいさんが用意していた春にさく花の種です」。彼女はそんなメッセージカードも置いた。この店には以前おじいさんとふたりでよく訪れた。しかし、いまは自分で花を育てる気力もなくしてしまっていた。

花の種子が入った袋とメッセージカードをおいて店を立ち去ろうとした彼女は、ドアのそばに置かれた写真立てに気がついた。誰が置いていったのか。誰が書いたものなのか。写真立てには、メッセージカードが一枚。

「想い出は　いつまでも」

店に、男の子がひとり入ってきた。そして彼女がいましがた置いた花の種子が入った袋とメッセージに気づき、手に取った。今年こそ、自分で花を育ててみたいと思っていたからだ。

男の子は持ってきた一冊の絵本にカードを添えて、店にある本棚に置いた。その絵本は、彼が幼かった頃に、祖父がこの店から持ちかえったもので、何度となく繰り返し読んだ大切な本だった。どこになにが書いてあるかもすべて覚えてしまうほど。

絵本を置いて、種子を持ち帰った男の子と入れ替わるようにやってきたのは、ベビーカーに小さな女の子を乗せた若い夫婦。コートの下に花柄のワンピースを着た妻のおなかは大きい。ベビーカーの女の子は間もなく、お姉ちゃんになるはずだ。

男の子が置いていった絵本の表紙の裏には、その絵本を読んだ子どもの名前がずらっと並んでいる。その、一番目に記されているのが、この若い父親の名だった。たぶんいましがた絵本を置いていった男の子と同じ年頃に、彼はこの絵本を繰り返し読んで、最後にこの店の本棚にそっと置いていったのだろう。かつて愛したその絵本を、夫婦は女の子の手に持たせた。彼女もまた、この絵本を繰り返し読み、表紙の裏に自分の名前を書いて、いつの日かやはりこの店の本棚に置くに違いない。

表紙の裏で、夫であるひとの子ども時代と出会った若い母親には、夢があった。ベビーカーの中の子と、やがて誕生する子どもを花いっぱいの庭で遊ばせたいという。だから彼女は花の種子が入った袋に手を伸ばした。代わりに、ペアのコーヒーカップを店の棚にそっと置いた。薄い紙で包み、リボンをつけて。

「家族用のカップのセットを使うようになりました。二人の時間も幸せでしたが、今はもっと幸せです」。そう書いたカードを添えて。

店に新しく入ってきたお客はいましがた夫婦が置いていったペアのカップを手にし、代わりにレターセットを置いていった。「これからずっと、いつでも話すことができるようになりました」というカードとともに。一緒に暮らすことになったのだ。このペアのカップを置いていった夫婦と同じように。そうして季節は巡って……。

あの日、店に花の種子を置いていった、つれあいを見送った彼女は、新しい季節の中で、至るところに咲いた「おじいさんの花」と再会する。凍えるような冬の日に、あの店の棚に置いた種子から、咲いてくれた花たちだ。

彼女の心が、少しだけ解き放たれる日は、うつむき加減だった歩き方から解放される日でもあった。なぜなら顔をあげて歩かないと、「おじいさんの花」と再会することはできないから。

作者のくすのき　しげのりさんは、小学校の教師を経て、創作活動を続けておられる。

絵本は次のような言葉で締めくくられている。

「きょうも、『ライフ』には、だれかが何かをおいていき、そして何かを持ってかえります。／そう、見えるものも、見えないものも」

なにかをどこかに置くという行為も、なにかを誰かに手渡すことも、むろん愛したなにかを

「手放す」ことも、「放つ」ことでもある。そして手放したがゆえに、手放したものへの思いが深くなることも、わたしたちにはあるに違いない。

……言い放つ

「言い放つ」とは、思ったままにはっきりと言う、という意味である。

「あなたは、言い放つことに、躊躇しないほうでしょう」

そう言われることがある。そう見えやすいのだろう。特に二〇一一年の三月のあの日以降、デモやら抗議行動に参加する機会がより増えたので、なおさらのこと。盛んに……と見えるらしい……言い放つわたしをテレビのニュースなどで「一瞬観たよ」と、遠い昔のクラスメートから連絡が入ることもある。

「いろいろ気をつけてよ」

「世の中には愉快犯っていうのもいるんだから」

「ホームで電車を待つとき、一番前に立ってはだめよ」

深夜にそんな電話をかけてくるありがたい友もいる。深夜だからというわけでもなく、こういう話をするとき、ひとは自然に声を低くするようだ。受話器を耳に当てたわたしもまた声を潜めて返事をしている。「まさかあ。でも、ありがと」と言い放つ声も、いつもより低い。

そんな電話やメールをもらった直後はちょっと注意はするが、すぐに忘れてしまう。

忘却というのも、ある種の「放つ」作業だ。こだわりからの解き放ち、とも言える。広い公園の仮設ステージなどで、「言い放つ」時間が日常の中に増えれば増えるほど、わたしの中に、放った言葉とは別の言葉が蓄積されていく実感がある。

言い放った言葉に嘘はない。心からの叫びである。が、それとは別に「放つ」ことができない言葉と思いが心には残る。これこれこういうものです、と明快に言い放つことのできないものたち。それは言葉というよりも、むしろ感情や感覚に近い、文字にはしにくいものたちだ。

大勢のひとたちと分かち合った時空の中では、なりを潜めていたそれらを敢えて文字にするなら、儚《はかな》く、淡く、柔らかなもの、としか言えない。

「あなたのことを案じています」という思い、とか。長いおつきあいの中でも言葉にできなかったことではありますが、「あなたに出会えたことを感謝しています。あなたの生き方から、わたしはとても大事なことを学んできました」とか。あるいは、ひとたび事が起きたとき、I'm on your side あなたのそばにいるから、いつだって味方だからね、という約束、覚悟のようなもの。それらを言葉として言い放ってしまえば、受け取る側がちょっとばかり重荷に感じるような……、そんな言葉たちのことだ。

それらを心から、「放つ」ことはできない。たぶん、この先もずっと「言い放たれる」ことはないまま、わたしの内側にあり続けるに違いない。

こうして書いていても、これ以上は書けない、書いてはいけないというテーマもある。生々しいテーマはわたしは書けないし、書きたくもないし、従って「放つ」ことはできない。ものを書くものとして、それじゃあ失格だと言われれば、はい、そうですね、と応えるしかない。

「放つ」というイメージにこんなにも心惹かれながらも、「放つ」ことができないものがある。それが生きるということだよ、と心の奥で掠《かす》れた声がする。

「放つ」ことと「放たぬ」ことと。

この両者の上を、揺れながら、酸っぱい微苦笑を浮かべつつ歩いているのが、わたしの好きな「ただのひと」ということになる。

抗う

自分の人生が子ども時代から決められていることを、子どもは淡々と受け入れるしかないのだろうか。

……台風のあとで

大型台風二十一号が大きな被害を残して去っていった。

今朝の東京の空は、透明感のある薄水色。刷毛《はけ》で刷いたような白く薄い雲が浮かんでいる。その空の下、小さな庭には、宿根性の桔梗《ききょう》が紙風船のような蕾をいくつもつけている。メドウセージは濃い紫の花を穂先につけ、下垂性のトレニアは明るい紫の花を。

初夏から秋は、庭の花はほぼ紫の濃淡と水色で統一し、ところどころに白い花を置いてみた。この、静かな色合いが気に入っている。

この台風二十一号でも、訪れるはずだった明日を失ったひとがいる。

トラックが横転したり、関西空港が浸水したり瞬間的突風や大雨の被害を受けたひとも大勢おられる。なによりも今回もまた亡くなったかたがいることが、心に痛い。同時に腹立たしくもある。

前々夜や前夜、今度も大きな台風になりそうだ、と家族と話しながら、雨戸に板をはりつけたりして、せっせと準備をしていたひとが、倒壊した建物や屋根の下敷きとなっていのちを落とす。屋根から落ちて亡くなる。

遺されたひとたちは、あのときこうしていたら助かったのでは、助けられたのでは、といった答えの出ない喪失の中で悲しみ、苦しみ続けなければならないのか。

数日前の夜には、「たっぷりの大根おろしを、頼むよ。秋刀魚《さんま》を食べないと秋が来た気がしないからなあ」。老夫婦ふたりで、話をしていたかもしれない。夏休みに遊びにきた孫からの葉書。孫の世代ではやっているらしい漫画のキャラクター、色鉛筆で描かれたそれを、居間の壁にピンで留めたのは、ついこの間のことだった。

誰もが今日の続きに明日はあると信じていたはずだ。

それが苦渋に満ちた明日であるとしても、明日こそ逆転ホーマーを打てるかもしれない、と。

……来ない明日

関西の工場でも、同じような状況で亡くなったかたがいた。

七十代前半のかたで、新聞には「社長」と報道されていた。どういう経歴のかたかはまったく知らないが、あの強風の中で彼は必死に守ろうとしていたのだろう。建物としての工場はむろんのことだが、それだけではなく、その建物とともにあったすべて、誰かと分かち合ったすべての記憶、彼自身やその家族の人生そのものを……。

ご自分で立ち上げた会社なのか、先代から継いだものなのかも知らないが、なんとも悔しい思いがする。

わたしたちの税金はどんな風に使われているのか。確実に変わりつつあるこの国の、あるいは地球そのものの気象状況のもと、防災対策にこそ、税金はまず使われるべきではないだろうか。

米国の言い値で買う、ゼロの数が驚くほど多いイージス・アショア等の武器や兵器などよりも、それぞれの市民のかけがえのないいのち、人生のためにこそわたしたちの税金は使われるべきだ。「赤坂自民亭」などで宴会をやっている政治家たちは、自分をまずは「一市民」などとは思っていないのかもしれないが。

いつだってそうなのだ。地を這うように懸命に働いて、数限りない忍耐や我慢を重ねながら、どんなときでも、「これが人生さ。いいことばっかじゃないよ」と苦笑しつつ、晩酌をしてほんの少しの気分転換。しかしほろ酔いから覚めれば、次の瞬間には再び仕事や、人生そのものとまっすぐに向きあってきた市民たち。人生などというものを考えることもなく、しかし確かで堅実な人生を丁寧に重ねてきた市民たち。そんなひとびとこそ、報われるべきではないか。

市民が、災害の犠牲者や被害者になるたびに、そう思う。That's life それが人生というものさ、などとここでは納得できない無念さが憤りに変わる。

旅先で城や城跡を見ることがある。そこに暮らす住民たちには慣れ親しんだものであり、郷里を象徴するものでもあるに違いない。案内しようかと申し出てくださるひともいる。

けれど、わたしの気持ちは複雑だ。この城を築くためにどれだけの市民が（当時は市民という感覚も意識もなかったろうが）、つらい思いをしたことだろう。足を踏み外して、大怪我を負ったり、いのちを落としたひともいるかもしれない。

「殿様」は決して、汗水を流しはしないし、現場で怪我をすることもないだろう。などと子どもっぽいことを想像していると……。申しわけないが、そこに暮らす市民にとっての精神的な支柱でもある城や城跡を、心穏やかに鑑賞することがわたしにはできなくなってしまう。

……ひとりの研究者の声

主宰するクレヨンハウスから毎月発行している「クーヨン」という育児雑誌がある。その中に「ぼくたちの子育て時評」というページがある。育児雑誌であるから母である女性は大勢登場する。母でない女性もまた。さまざまな分野の女性も発言してくれる。が、何人かの男性たちに「育児体験」を毎月書いてもらおう。その体験を通して見える社会そのものも評論してもらおう、と決めたのは発行人でもあるわたしだ。

二〇一八年九月号は、京都大学人文科学研究所准教授の藤原辰史さんが担当してくださった。平和や反戦、差別などに対しても素晴らしい感受性と論理性をお持ちのかたであり、その何割かは、「父になったこと」や「父であること」を通して、磨かれたものでもあると想像している。

藤原さんは、一九七〇年代生まれの一児の父親である。原稿の中で藤原さんは、次のように書いておられる。

「小学校では、英語やパソコン実習に時間を使う前に家庭科を充実させて、そのうちの一部を『買いもの』の道理や心得の説明に割くべきだと思う」と。

「……敵地を攻撃できる巡航ミサイルをいくら購入しても、それは周辺国への脅威になるだけだ。(略)つねに災害の危機に囲まれて暮らしている国に本当に必要なのは、防衛装備庁ではなく、防災設備庁ではないのか」と。

税金を、なぜ子どもたちの未来に投資できないのか、とも彼は問う。

「クーヨン」は従来の育児雑誌とはちょっと違う。育児はそれぞれの家庭で完結できるものではない。どんな社会に、どんな政治のもとで暮らしているかと決して無縁ではない。そういった視点で、ご紹介した記事は、「父」にも語ってもらう、という試みなのだ。

藤原さんの言葉を借りるなら、どうして「災害のための買いものができないのか」、対策という「買いもの」ができないのか。

自然災害に対して、充分に備えることも手を打つこともできない社会、怠慢な政治は、自然災害を「人災」に変える、とわたしには思えてならない。

……わたしたちが暮らしているのは

わたしたちが暮らしているのは、子どもたちの七人に一人が貧困に苦しむ社会でもあり、低所得者の、特に高齢者が通院そのものさえためらう社会でもあるのだ。

「病気になったら、どうしよう。もう暮らしていけないと不安で仕方がないけれど」

そう言った高齢の女性がいる。

「だから病院に行って、身体のどこかが悪いとわかるのがこわい」

彼女はそうも言う。

「だから病院がどんどん遠くなる。通院にもお金がかかるし」

検査結果が出るのもこわい、と言う。

「だって治療費が必要になるだろうし、薬代だってこわい。……長く生きることは、こんなたくさんの『こわい』に囲まれることでもあるのよ、わたしらにとっては」

小さな食べもの屋を戦後数年後に開き、足腰が「もうだめ」と悲鳴をあげるまで必死に働いてきた彼女である。鯵《あじ》の干物に温かなご飯と味噌汁（どちらもお替り自由）、旬の野菜の漬物とポテトサラダなどがついた定食は人気だった。鯖《さば》の味噌煮も、大根と鶏手羽の煮物もまた。

「年をとれば、こわいものが減ると思っていたのよ、だって、そこまで、はい、さよならの時期が来ていたら、もう、こわいものなんてなくなるんじゃないかって」

それがいまになってこわいもんばかりだ、Mさんは言いながら、笑う。笑いながら、ため息をついて、また笑う。

「笑うしかないから、笑ってんのよ」

こんな社会に、わたしたちはいま暮らしている。かつてアメリカ合衆国では馬小屋から大統領は誕生するという伝説・神話めいたものがあった。当然、誰もが大統領になれるはずはないし、現大統領の言動に接すると、むしろ誰だってお金を持っていれば大統領になれるのではないかとも思ってしまう。馬小屋云々は、民主主義とは、自由と平等とはそういうものだという、理想と理念から生まれた神話だとも言える。

かの国で、またこの国で、貧困に苦しむ家庭の子どもは教育の機会を奪われ続ける。男子学生の成績に下駄をはかせて、女子学生は不合格となったどこかの医大も大いに問題だが、セクシュアリティだけではなく、生まれた家の経済状態によって、将来のほとんどが決められてしまう子どもは、将来に一体どんな夢を抱くことができるのだろうか。

子どもが夢を描くことができない社会が、ここにあり、その社会の、わたしたち大人は構成員のひとりである。そのことがつらくて仕方がない。なんとか、社会の閉ざされた頑迷な扉を、少しでも、そう、一ミリでも開けたいと願うのだが。非力な自分が悔しい。

……にじり寄る

作家丸山健二さんの作品に『生きることは闘うことだ』（朝日新書　二〇一七年）がある。時折読み返す。

帯には「疾風怒濤の全4行、言霊ツイート」とある。自らの老いを実感するとき、心に刻みなおす言葉がある。

「心静かに死を待つような心境で余生を送ることもわるくはないが、幸福に満ちた人生を振り返りながら老いてゆくこともいいが、けれども、日に日に擦り切れてゆく命を直視しながら、抗うだけ抗い、途方もない目的に向かって、じりじりとにじり寄るような、なんとも凄まじい、鬼気迫る晩年も素晴らしい」

ああ、素敵だと考える。心静かな晩年も、満ちたりた人生を振り返りながら老いていくのもいいけれど、最後の「にじり寄る」の一節が特に心に響く。抗うだけ抗いつつ、前半部分の老いも、すべてを持つことができたら、なお素晴らしいけれど、贅沢は言うまい。

そして、そういった晩年を「素晴らしい」と言い切るほどの覚悟が自らの内にあるかないか。あったとしても僅かでも迷いがあるとしたら、その迷いはなにから生まれるものなのか。そんなことも日々検証したくて、わたしは時々丸山さんのこの素晴らしいフレーズと向き合うのだ。

……『うみべのまちで』

二〇一七年に刊行された絵本の中で、最も心に響いた一冊が、『うみべのまちで』(文／ジョアン・シュウォーツ　絵／シドニー・スミス　訳／いわじょう よしひと　BL出版)だ。「たんこうのあるうみべのまちでくらす少年と家族の物語」と帯のフレーズにはある。

海鳥が二羽飛ぶ輝く海を、周囲より少し高い建物の上から眺めているひとりの少年が表紙で、それが朝なのか、昼なのか、夕暮れなのか説明はないが、わたしには夕暮れの海であり、時間であるようになぜか思える。

道を渡って崖を越えると、そこはもう海。そんなところに少年の家はある。少年が起きる頃、とうさんはすでに仕事に出ている。とうさんは海の下のトンネルで、石炭を掘る仕事をしている。

少年が友だちと遊んでいるときも、とうさんは海の下の暗いトンネルにいる。

少年がお昼で家に戻り、質素な食事を残さず食べる頃にも、かあさんから言われたお使いのリストを手に再び家を飛び出す頃にも、とうさんは石炭を掘っている。買いものをすませた少年が、おじいちゃんのお墓に向かう頃にもまた。

おじいちゃんは、とうさんのとうさんで、やはり海の下の炭鉱で働いていた。

おじいちゃんは言っていた。

「ずっと　くらい　あなの　なかで　はたらいて　きたんだ、しんだら　うみの　みえる　あかるい　ばしょに　うめてくれ」

そうして、おじいちゃんはいま、望み通り海をみおろす丘の上にいる。

少年は知っている。「いつか　ぼくも」海の下の、暗いトンネルで働くことを。それ以外は考えられないことを。

一九五〇年代の話だ。少年は将来にどんな夢を抱くことができたのだろうか。

作者はあとがきに次のように記している。

「少年の暮らしの中心には炭鉱がありました。（略）きっとおさないころから、炭鉱へむかう父や兄の背中を見てきたことでしょう。炭鉱の町に生まれた少年たちのおおくは、父や兄たちがそうであったように、あそびたいさかりの少年時代を炭鉱ですごすことになったのです」

文章を書いたジョアン・シュウォーツさんも、絵を担当したシドニー・スミスさんもカナダのノヴァ・スコシア州が郷里だ。

自分の人生が子ども時代から決められていることを、子どもは淡々と受け入れるしかないのだろうか。そして、高齢者もまた。

やるせなくて仕方がない九月の中に、わたしはいる。

この原稿を送ったあと、北海道胆振《いぶり》を震源とする震度七の地震が。

P・S　藤原辰史さんは二〇二〇年春、コロナ禍の中で、『パンデミックを生きる指針　歴史研究のアプローチ』を岩波新書のウェブサイトに掲載。僅かひと月で五十万のアクセスとなり、広く共感を得ている。

咲く

蕾から花びらをいまためらいがちにほどいたような……。そんな微笑をわたしの中にそっと置いて、彼女は逝った。

……最後の輝き

十月、隣家のハナミズキの葉の一部がすでに色づいている。

揃えたわけではないのだが、お隣にはピンクの花をつけるそれがあり、わが家にはほとんど白に近い花をつけるハナミズキがある。丈は隣のほうがはるかに高い。

仕事の往復に歩く街路のプラタナスも、大きく三つに分かれた葉をほのかに色づかせている。

しかしわたしの小さな庭ではいま、朝顔が次々に咲いている。

今朝は最も数多く開花したのではないか、と思えるほどの花盛りだ。ヘブンリーブルー、天空の青と呼ばれている種類らしいが、透き通った青色の花を、十一、十二、十三、十四、十五まで数えて、諦めた。その二倍以上も花をつけている。こんなにいちどきに開花したことはなかった。

このヘブンリーブルーは、母が亡くなった十年前の夏の朝にも咲いていたもので、透明感のあるその花の涼しげな色を、元気な頃も母は気に入っていた。

そろそろこの朝顔も終わりの時期なのだろう。昨日、今日の花のつき方を見ると、最後の輝き、といった感じもする。

涼しくなったせいだろう。いや、今朝は肌寒さを感じたほどだったが、そのせいか花は午後まで朝の姿を保ってくれていた。そうして夕方、あるいは翌朝には開花時の青色から、紫色がまじった緋色《ひいろ》となって、ひっそりと終わりを告げる。それでもまだ幾つかの蕾が見える。最後まで、思いっきり咲いてくださいと願うわたしがいる。

咲いて一日で終わる花もある。その季節の間じゅう、次々に咲く花もある。

「嫌いな花などひとつもない」

そう言っていた母を思う朝。ヘブンリーブルーの青色が目にしみる。

夏の間は、紫の濃淡とブルーを中心に、白でアクセントをつけた庭作りをしていたが、涼しくなると、色合いがちょっと淋しくもある、わたしの小さな庭だ。

朝顔の近くでフェンスにからみつく、るこう草も今朝は小さな小さな星形の花をたくさんつけている。紅と白の花で、こちらも、終わりの季節を実感しているのか、最後の力を集めて精一杯咲いています、といった感じだが、健気でいじらしいとは言わない。朝顔にしてもるこう草にしても、それぞれ自分の自然、自分の普通を体現しているのだから、「健気でいじらしい」などとセンチメンタルなことは言わないでいただきたい、わたしはわたしです、とちょっと憤慨するかもしれない。動物でも植物でも、わたしたちはどうしても擬人化して見てしまう傾向があり、それは「当人」というか、「当花」や「当犬」や「当猫」にとって、うっとうしくもお節介なことかもしれない。自分なりに咲きますから、放っといてください……。そう言っているようにも思える。

……るこう草

いま咲いているるこう草の、何十世代ぐらいも前に当たるその種子を、三角に折った薬包紙に包んでわたしに手渡してくれた、ひとりの女性がいた。

最初に彼女を知ったのは、「若い女性」と呼ばれる年代だった。ひたむきな大きな眸《ひとみ》をした美しいひとで、幼い女の子の母でもあった。

敢えて言葉にするなら、女性であることを「無駄使い」しないで来たような……、と言っても通じないかもしれないが、自分の人生から甘えや媚び（そうとすぐわかるものから、屈折したものまでさまざまな）を徹底的に取り除き、けれど自然に「咲いています」、そんな感じのひとだった。仕草や口調に、ちょっと頑《かたく》なで、清潔な少女のような面影があった。

夏なら麦わら帽子、冬は手編みのニットの帽子がとてもよく似合った。肩までの髪を束ねて、一本の三つ編みにすることが多く、それもとてもよく似合っていた。

親しく話すようになったのは、チェルノブイリの原発事故直後で、福島の第一原発事故のあとは、ほうぼうの抗議集会やデモ、クレヨンハウスの勉強会等で、彼女の姿を見かけた。夏は麦わら帽、冬はニット帽のそのひとが、人ごみの中、遠くから高々と手をあげて合図を送ってくれた。高々と手をあげながらも、どこか控え目なところがあった。植物が好きで、クッキーを焼くのが得意で、日々の暮らしをとても大事にしていたひとだった。

数年前、自転車で事故に遭い、腰が痛いと言っていたが、腰痛の向こうに重い病が隠されていたと知ったのは、人ごみの中に見慣れた帽子を見つけられなくなって、しばらくしてからだった。

手遅れと医師から告げられた。入院生活のあと、「家に帰る」と決めたのは、彼女だったという。

はじめて訪れる彼女の自宅。ガーデンシクラメンが咲く季節だった。秋の名残の植物の蔓が、門扉にもフェンスにも伸びていた。

彼女の部屋。数か月ぶりに会った彼女は、いつもの三つ編み姿だった。自分ではもう髪を編める状態ではなかっただろう。娘さんが編んだのかもしれない。

もともと色白の彼女の頬も額もさらに透明感を増していた。その日、日当たりのいい彼女の部屋で、わたしは彼女にどんな言葉を差し出すことができたのか……。ほとんどなにも話せなかった。

ただ手を握るしかなかった。青い血管が透けて見える手で、彼女は何度かわたしの手を握り返してくれた。

静かに本を読む時間がなにより好きと言っていた彼女の部屋の、ベッド脇の書棚には絵本が幾冊も並んでいた。娘さんが幼いときに手にいれたものなのか、自分のために求めたものか。

「最近は自分のために絵本を選ぶのよ」

そう言って淡く笑ったのはいつのことだったろう、手をつないだまま、わたしは考えていた。自分の意志で入院生活にピリオドを打って家に戻った彼女は、この部屋で絵本を開いただろうか。その余力があっただろうか。

握る手にまた力が加わったことを意識しながら、わたしはすでに言葉を失った彼女の、白い頬と、以前よりさらに鋭角的に見える顎の線を見ていた。

……再びの、るこう草

いま小さな庭で、最後の輝きの時を迎えているるこう草。おおもとは、彼女から贈られたもので、春先に薬包紙から取り出して種子を蒔くと、夏には小さな星形の花を次々につけてくれた。

「咲いたよ！　この夏はじめての花！」

メールを送ると、すぐに返事が戻ってきた。

「うちのも今朝、最初の一輪が咲いたよ」

彼女からのメールのほとんどは画像がついていて、花の写真が多かった。

るこう草は、糸状に分かれた葉も涼しげで、三センチにも満たない小さな花をつけてくれた。

夏の赤い花はインパクトがありすぎるが、花が小さいせいか、葉の形状がやさしいせいか、暑さの中でも、そこだけ涼やかな風が通り抜けているようだった。フェンスに絡ませると、やさしく控え目なグリーンカーテンになってくれた。花も小さく猛々しさとは無縁の植物だが、案外タフで、強い風雨も乗り越えてくれた。

彼女が贈ってくれたのは、いま咲いている赤と白の花のほかに淡いピンクも混色していた。教わった通り、秋には種子を採って、春が来るたびに去年の種子に新しい種子を加えて、咲いてもらっていた。

「今年も咲いてるよ」

「うちも」

「来年も咲かせよう」

あの頃わたしたちは、「来年」は必ず来るものと思っていた。

数年たつと、どういうわけか、混色の中の淡いピンクの花だけは消えてしまい、ここ数年は白と赤の花しかつけていない。

そういえば、彼女はピンクが僅かに溶けこんだベージュのニット帽を愛用していた。三つ編みの頭を覆うように、目深《まぶか》にすっぽりとかぶるのだ。そのニット帽をかぶるとき、時々は淡いピンクの口紅をつけていた。るこう草の花の中で消えたピンクのような、口紅の色だった。

……静かに憤る

激しさを見せない彼女だったが、差別や社会の理不尽さを「仕方がない」と受け入れることはできないひとでもあった。

「敢えて憤りを表明したところで、なんになるの？　それでなにかが変わった？　なんにも変わらないじゃない」

知り合いに訊かれたことがあった、といつかのメールで彼女は伝えてきた。

「どうせなんにもならないから、なんにもやらない。損するからやらない……。やっても変わらないから、やらない……。そういうのって、なんて言うのかな、なんだかケチくさいと、わたしは思う」

ケチくさい、という言い方に彼女は自分で「笑ってしまった」とメールには記されていた。

「わたしは、ただ、そういう自分を許せないんだと思うの」

メールは続いた。

「何が許せないって、そういう自分が許せないんだよ！」。「だよ！」などと普段使わない口調の末尾に、これも珍しくエクスクラメーションマークが記されていた。

「なんか今日は強いわたし風ですが、これから、フェンスのるこう草を見てきます。花もいいけれど、あの葉っぱがわたしは大好きです」

その次の週がデモだった。解散してから、わたしは街角の喫茶店に飛びこんだ。短いが、激しいメッセージを発したあとは、なぜだろう、わたしはいつもひとりになりたくなる。その日もそうだった。自分の言葉の熱さに、自分の内側がチリチリと焼かれていくような気がするのだ。だから、喫茶店にひとりで飛びこんだのだ。

その店で、偶然彼女に会った。

「えっ？」

「あなたも？」

「そう」

「そうだよね」

わたしたちは、小さなテーブルを中に、会話にもならない言葉を交わして笑いあった。それから彼女が突如、呟いた。先週のメールの続きでもあった。

「デモしてなんになる？　そう訊かれても、こうなると胸を張れるほどの答えをわたしは持っていない。自己満足ではないかと問われると、そうかもしれないとも思う。それでもわたしは参加する。誰かのためにというより、そうね、自分のために」

それから一拍置いて、彼女は呟いた。

「なんか、えらそーなこと言っちゃったかな。でも、ひとりの大人として、そうしたいだけ」

あの日の彼女はニット帽をかぶっていた。

……ひとりの大人として

「ひとりの大人として」

彼女がそう言ったとき、不意に思い出した一冊の絵本がある。『ベンのトランペット』（R・イザドラ作／絵　谷川俊太郎訳　あかね書房　一九八一年）。いまは図書館でしか出会うことのできない絵本だ。

アフリカ系アメリカ人の少年ベンと、同じくアフリカ系の大柄なトランペッターの話だ。

ベンはクラブから聞こえてくるジャズを店の外でいつも聴いている。それはベンにとって最も充実した時間だった。クラブで大人たちが練習するのを見ているのも大好きだった。ピアノもサキソフォンもトロンボーンもどれもがかっこいいけれど、中でもトランペットは「いかしてる！」。ベンはトランペットが大好きだ。けれど、家は貧しくて買ってとは言えない。無理だと承知している。だからいつも吹く真似をするだけだ。

そんなある日、憧れの例のトランペッターに、ベンは声をかけられる。吹く真似をしているときだった。

「いかすラッパじゃねえか」

トランペッターにも、ベンのような少年時代があったのかもしれない。

遊び仲間は、そこにはないトランペットを吹く真似しかできないベンをからかう。わかっていても、やっぱりちょっぴり淋しい。自分はこれでいいんだ、これしかないんだと承知しているつもりでも、やはりこころは痛い。けれど、どうしようもないことだとベンは知っている。

その日、憧れのトランペッターがベンに近づいてきた。

「ラッパは　どこに　あるんだい？」

彼は声をかけてきた。

もってないよ、とベンは正直に答える。と、トランペッターは太い腕と大きな手をベンの肩に回して言ったのだ。

「クラブへこいよ」「いっしょに　やってみようじゃねえか」

デモしてなんになる？と訊かれて、「ひとりの大人として、そうしたいだけ」とはにかみながら呟いた彼女を前にして、わたしはこの絵本を思い出していた。

いつかこの絵本を彼女に贈ろうと想いながら、その機会をわたしは永遠に逸してしまった。

蕾から花びらをいまためらいがちにほどいたような……。そんな微笑をわたしの中にそっと置いて、彼女は逝った。

譲る

窓の外の美しい夕焼けを背にして唇をかみしめた、詩の中のあの娘は、いま、どこで、なにをしているのだろう。

……大掃除

カレンダーは十一月の二週目。あとひと月半もすれば、年の暮れ。

掃除はまとめてやる、とずぼらを決めこんでいるわたしは、大掃除の頃になると、処分するものに囲まれて、ため息をついているに違いない。毎年そうだ。

こまめにやるのに限る掃除を、まとめて、という悪い癖から抜け出せないまま何十年になるだろう。とにかくモノが増えるのはいやで、大掃除となれば、たとえば今年一年の間に受けた取材の記事などもすべて廃棄してしまう。自分が写った写真をとっておいてどうする！　自分の顔など見たくないもんねー。と撮影してくださった方々には申し訳ないが、さっさと捨てる。シュレッダーにかけてごみ袋行きである。粉砕される自分の顔。なんだか爽快なのだ。

どこかでわたしは、自分がその片隅に身を置くメディアというものに対して、ある種の抵抗感をずっと抱き続けてきたからかもしれない。カウンセリングを受けたなら、それなりの説明と納得に辿りつけるかもしれないが、受けないもんねー、である。自分の行動や衝動のごくごく細部にまで、なぜそうしたのか、なぜそう感じたのか、なぜそうしなかったかと細々と腑分けする気にはとうていなれない。

そこで、自分に関するモノの類は、年の終わりに「まとめて」処分と決めている。友人と撮った写真や友人単独のそれらなどは大事にとっておくが。

とにかく、毎年大掃除の季節になれば、もっとこまめにやっておけばよかったと反省することしきり、だ。

……まだ咲く朝顔

ところで、わたしの小さい庭の朝顔情報である。いまもなお、次々に青いきれいな花をつけている。九月よりも十月、そして十一月のいまも、開花はもちろんのこと明朝に咲くであろう傘をすぼめたような蕾も次々と。

そろそろ庭を冬景色にと思いつつ、朝顔の根を抜く気分にはなれないで、庭の一角は夏景色のままだ。今朝も三十七個の花が咲いていた。朝顔の花はなぜか数えたくなるのだ。

母を介護していた日々の記憶なのか。結果的には最後の夏となった年のそれぞれの朝、ベランダに咲いてくれた花の数を毎朝、母に告げていた記憶が、見送って十年がたったいまも鮮やかであるからかもしれない。わたしの中のなにかが疼《うず》いて、朝顔の花を前にすると、数えたくなるのだろう。今朝も二十八まで数えて、わからなくなって、再度挑戦。今度は三十一まで数えて、と時間の余裕のない朝であるのに、何度か数え直した。三十七個に辿りつけた。

先日、新聞の短いコラムに書いたのだが、ご近所の八十代の女性の家のフェンスにもまだ朝顔が咲いている。

「咲いていると、根っこ、抜く気にはなれないですよね」

そんな会話を交わしたあと、ふたりでちょっと意地悪な政治談議となった。

新しい閣僚たちの金銭にまつわるスキャンダルが次々に表面化していることについてである。

「あのひとたちって、朝顔の花の数など興味ないと思いますよ」

おつれあいを見送り、娘さんたちふたりは東京を離れているが、「できる限り、ひとりで暮らしたい」という彼女は言った。

「そうですよね、まだ蕾があるのだから、根っこを抜きたくない、とは思わないかもしれませんね」

「平気で、根っこ、抜いちゃいそうですもんね」

で、政治家が興味ある花は、

「閣僚に決まったときに届く胡蝶蘭の立派な鉢植ぐらいかしら」

胡蝶蘭が何本だてであるかで、

「贈ってくれた人への対応の仕方も変わったりして……。ああ、いやだいやだ」

と、二人で妄想たくましく、勝手なことを言い合って笑い合った。

胡蝶蘭には申し訳ないのだが、その生産者にも悪いなと思いつつ、つい「センセイ」たちの顔が浮かんで、われらが庭にある素朴な花たちとは一線を画したくなる。

……彼女のロードマップ

彼女とはちょっと珍しい種子の交換などもしている。

朝顔と胡蝶蘭についての会話を交わしたあと、日本茶をいれて栗饅頭を頬張り、三十分ほど「座り話」をした。通常は立ち話と言うが、わたしの小さな庭に置いた古ぼけた椅子に座っての話である。けれど庭先なので、気分は「立ち話」といったところだ。

「ねえ、わたし、けんたいを考えているんですよ」

「けんたい」という言葉と響きを反射的に漢字にすることができずに、一瞬、わたしは怪訝《けげん》な表情をしたに違いない。

「献ずるに体と書く、あの献体。娘たちに一度告げたことがあったのだけど、ふたりとも、というか、娘たちのつれあいも含めて、みんな押し黙ってしまって……。わたしは、むしろ明るい気持ちで言葉にしたのに、みんな、表情を曇らせて……。せっかく朝からつくった散らし寿司にもハマグリのお吸いものにも、いつものようには手をつけず……。娘たちもそのつれあいも、わたしの糠漬けが大好物で、帰るときにはいつも容器に入れて持たせてあげるのに……」

彼女も準備していた糠漬けを手渡すのを忘れ、娘さんたちはそそくさと帰っていった。
「なんだか、さんざんな一日だったんですよ」
親から献体をすると打ち明けられた子どもは、どう感じるのだろう。それが親が決めたもので
あり、望みでもあると充分に知りながら、戸惑ったり躊躇《ちゅうちょ》したりする気持ちもわからないではな
いし、彼女の思いもわかる。
「現代医学のすべてがいいとは思わないけれど、それに、患者を部位でしか診ることができない
医者もいるでしょうけど、わたしはつれあいを見送ったとき、彼の会社の関係者がむしろ主役み
たいな告別式が粛々とすすむ中で考えていたの。わたしのときは、密葬にしよう、それ以前に献
体、と決めたんですよ」
長いおつきあいの中で、彼女の決意は理解できる。聞いてしまえば、そうするであろう人だと
頷けるが、娘さんたちにしてみれば、即答のできない話であったに違いない。
「毎年、というか、毎日、整理をしてるんですよ。もうすでに不要なものは整理し終えて、ほっ
としています」
そのことは知っていた。わたしは彼女から、ずっと以前、夫とはじめて旅行をしたときに求め
たという、小さな青磁の壺をいただいた。掌《てのひら》に載る壺で、
「店主は古い涙壺だと言っていましたが、本当のところはわかりません」
涙壺はいま、わが家の母から譲られたキャビネット、真ん中の段の中央に。その隣には、中野

幹子さんの小さな壺が。これらは、わたしが最後の時を迎えるときまで、そこにあるだろう。

一方、ここ数年わたしもまた、彼女にならって、いろいろなモノたちを整理している。洋服類は年に一度か二年に一度の放出大会で女友だちに持って帰ってもらっている。家具のいくつかも、若い友人たちの家に引越しさせた。

こちらの大掃除は着々とすすんでいる。庭のテーブルと椅子のセットだけは、まだしばらくは使いたくてそのままになっている。

……どうぞ

『どうぞのいす』というタイトルの絵本がある。

初版は一九八一年。香山美子《こうやまよしこ》さんが文章を書かれ、柿本幸造さんが絵を描かれたロングロングセラーだ（ひさかたチャイルド刊）。

淡い黄色の表紙の中、うさぎが手づくりらしい椅子に座っている。

ある日。うさぎは鋸《のこぎり》や金槌を使って、小さな椅子をつくった。椅子には自分と同じように小さな短い尻尾をつけた。立て札も一緒につくった。「どうぞ　の　いす」とそこには書いた。それを、大きな樹木の下に置いた。

「どうぞ　の　いす」のところにはじめにやってきたのは、ろばだった。拾ったどんぐりでいっぱいになった籠を「どうぞ　の　いす」の上に置いて、ろばは木陰で昼寝をした。

ろばが昼寝をしている間、次にやってきたのはくまだった。くまは「どうぞ　の　いす」と、その上にろばが置いた籠のどんぐりを見つけると、空っぽになるまで頬張った。だって、「どうぞ」と書いてあるのだから。そして、すべて食べてしまってはあとのひとに気の毒だと、代わりに椅子の上の籠に蜂蜜をひと瓶入れて立ち去った。次にやってきたのは、きつねで、「どうぞならば、えんりょなく　いただきましょう」。蜂蜜を舐《な》めつくし、代わりにパンを置いていった。続いてりすが集団でやってきて、パンをむしゃむしゃ。彼らは栗を籠に入れて立ち去った。

長い昼寝から目を覚ましたろばが籠の中に見たのは、自分がとったどんぐりではなく……。

えっ？　どんぐりって栗になるの？

『どうぞ　の　いす』からの贈りものは、明日も明後日も、これからもずっと続くに違いないというおはなし。

……席を譲る

亡くなった詩人吉野弘さんの作品に、「夕焼け」（『贈るうた』新装版　花神社　二〇〇六年）がある。

多くのひとに愛されている作品だ。満員電車の中。お年寄り（詩では、平仮名で記されているが）に二度、席を譲ったこころやさしい娘がいる。それを見ている「僕」がいる。その「僕」を観察者として記した一編である。

席を譲られた最初のお年寄りは、礼も言わずに降りていった。二番目のお年寄りは礼を言って降りていった。一度目も二度目も、娘は自分で自分の背を押すような気持ちで譲ったに違いない。そして、三番目のお年寄りが自分が座る席の前に立ったとき……。

娘は唇をかみしめて、席に座り続けた。

「やさしい心の持主は／いつでもどこでも／われにもあらず受難者となる。」

と「僕」は考える。

席を譲る。譲る側にはちょっとした勇気が要る。そして、譲った側が、ときには譲られた側も、束の間の受難者となる例は、決して珍しいことではない。

窓の外の美しい夕焼けを背にして唇をかみしめた、詩の中のあの娘は、いま、どこで、なにをしているのだろう。娘と呼ばれる年代を終えて、それでもやはり、やさしさゆえの「受難」を繰り返し重ねているかもしれない。

アメリカ合衆国で暮らすネイティブアメリカンの、ダイアン・モントーヤさんに、彼女たちが祖先から言い伝えられている言葉をうかがったことがあった。

ひとつは、七世代先の子どもたちを考えて、ひとつ決定、選択をしなさい、というおしえだ。二〇一一年三月の福島第一原発の過酷な事故のあと、彼女の言葉は広く受け入れられた。

もうひとつは次のフレーズだ。

「行列ができそうなとき、われがちに先頭に立とうとするのは、ひととして恥ずかしいことだと思う」

クレヨンハウスを訪れてくれた彼女は、熱いコーヒーを飲みながら、そんな話を静かに語ってくれた。黒髪の美しいひとだった。記憶で書いているので、一字一句、彼女の言葉を再現できているかは自信がないが、いまでも心に鮮やかな一節であり、暮らしていく上での、ひととしての最低限の姿勢を語った言葉だと考えている。――「譲る」という――。

ダイアンさんのこの言葉を、新しいエネルギーを考えるというテーマである雑誌に紹介したことがある。原稿を送ってまだ活字にならない段階で、東京電力福島第一原発の事故は起きてしまった。そしていま、政府は再稼働に前のめりになっている。先日、トルコからのジャーナリストの女性に取材を受けた。

「フクシマを体験していながら、なぜ日本人は再稼働に同意するのですか？　そして原発を海外に輸出しようとするのですか？」

彼女は自国で原発反対の記事を書き続けている。

九月に訪れた韓国での平和についてのフォーラムでも同じような質問を会場から受けた。ほぼ五十数時間の短い旅を終えて帰国した翌日、わたしは代々木公園で行われた反原発の集会にいつものようにいた。それでどうなる？　効果はあるか？と問われたら、掌にのせて見せることができる答えはない。それでもわたしは、やがてはこの社会を譲っていく子どもたちに向けて、そして自分が自分であるためにも、今後も参加し続ける。

「さようなら原発」の呼びかけ人のひとりになったことで、失った仕事はある。その程度の仕事だったのだ、と思うしかない。けれど一方で、多くのものも得てきたと確信する。信頼できるひとたち。デモをする権利の再確認。ひとがひとであることを蝕み、収奪するものと対峙し、異議申し立てをするのは、「あったりまえじゃんか!」という軽やかな覚悟のようなもの等々。

前出の八十代の彼女は、寒いときのデモに、とあたたかなミトンを編んでくれた。手首のところがグリーンで、掌が若草色のきれいなミトンだ。

……ネットワーク

たまに、若い記者さんたちと年上(といってもわたしよりは若い)、ベテランと呼ばれる年代になった記者さんたちと食事をする。自分の年齢を考えてのことだ。わたしが出会ってきたひとたちを、次の世代、そのまた次の世代に紹介することができたら、と。わたしにできるのは、それだけ。あとはご自分たちで、「どうぞ」。わたしは『どうぞのいす』のろばのように木陰で昼寝しているから、である。

デモ用に求めたこの純白のスニーカーは、すぐに汚れ、底は減り、瞬く間に型崩れするに違いない。

そこでわたしは、巡り来る春の、暖かで快晴の朝を選んで、タワシを握り締め、粉石鹼（合成洗剤は使わない）でゴシゴシと洗うだろう。

洗う

……2019

二〇一九年がやってくる。

大それた望みはない。平和に、静かに、穏やかに、ただ暮らしたいだけだ。一日一日を丁寧に、深い呼吸をしながら。心からそう求め、そう望む。そして、それに反するもの、わたしから、わたしたちから日常の平和や穏やかさや丁寧さを奪うであろうコトやモノとは躊躇せずに、真っ直ぐに対峙する。

ただ、それだけのことだ。静かに穏やかに暮らしたいから。

ただただ、それだけのこと。

こんなにささやかな望みさえ、侵害されようとしている時代であり、社会である。もの言えば、唇寒しか？　かさかさに乾いた唇は、どんなに効果があるリップクリームでも元には戻らないかのような日々である。

熱心なTV視聴者ではないので恐縮だが、このひとが言うことならばと頷けるコメンテーターが驚くほど少なくなってしまった。

アメリカ合衆国の大統領の数々の暴言妄言に対して異議を唱えたり、反論したり、はたまたおちょくることはできても、この国のこととなると、大方は途端に口ごもったり、奥歯にものが挟まったもの言いとなる。一時はやったあの言葉「忖度《そんたく》」は、メディアをも当然ながら汚染している。あるいは、そういった忖度ができるひとに、メディアというモンスターは居場所を用意しているのかもしれない。

……ジム・アコスタ記者

ドナルド・トランプ大統領に会見で食いついた米国CNNテレビのジム・アコスタ記者。驚くほどの速度で「ニュース」が「オールズ」になるこの社会でも、彼の存在はしっかり心に刻みたい。ニュース専門の放送局CNNのホワイトハウスの報道記者で、キューバ系アメリカ人である彼は、大統領に無礼だということで、質問のマイクは取り上げられそうになり、ホワイトハウスへの入館証そのものも取り上げられてしまった。

余談ながら、彼からマイクを取り上げようとしたのは、たぶんインターンだろう、まだ若い女性だった。顔立ちの整った、けれどあらゆる感情を消した彼女の表情、完全なる無表情ぶりはアコスタ記者とはまた別の意味で忘れられない。権力とは、こんなに若い女性の表情さえも奪う力があるものなのか、と。彼女はホワイトハウスの権力者に言われるまま、そうしただけなのだろう。いま頃どうしているだろう。彼女のその後については、新しい情報を入手できてはいない。

さて、アコスタ記者である。なおも大統領に食い下がる彼はマイクを奪われ、質疑の機会を逸した。このとき、彼が所属するCNNとはライバルに当たるNBCだったかの記者が果敢に異議を申し立て、彼を擁護したシーンも大方のわたしたちは忘れてしまっているかもしれない。

ライバルであろうとなかろうと、同じ報道・表現の自由にかかわるものとして異議を申し立てる。しょうもない大統領が支配する国にはなおさらのこと、それはジャーナリズムのかけがえのない姿である。このことについては、すでにいろいろなところに書いているのであとは省略したいが、CNN社自体がホワイトハウスを提訴。ほかの主要なメディアもそれを支持した。ライバル社であろうとなかろうと、である。

大統領べったりといわれる（事実そうだと思うが）、かのFOXさえ、CNNの提訴を支持した。たとえ建前であろうとも、表現・報道の自由を放棄する気はないという、社会に向けての意思表示であるのかもしれない。

結果的にアコスタ記者にホワイトハウスへの入館許可証は戻ってきた。ワシントン連邦地裁がそう命じたのだ。

この国においても、同じようなことはある。二〇一七年の四月、当時の復興大臣が、福島から自主避難したひとたちは「自己責任」だと言い放ったことがある。その発言を会見の席で問いただしたフリーランスの記者がひとりいた。実にまっとうな質問だ。その彼が大臣に「出ていけ」と言われたとき、そこにいた記者たちは彼を擁護したか？　同じ仲間として抗議したか？　否。記者クラブ制度は、こうして本来のジャーナリズムの姿勢から、反骨と、いささか恥ずかしい言葉ではあるが正義を奪い、去勢することに手を貸している。

むろん、そうではない記者もいる。わたしが信頼する記者はみな、そうではない「ひと」である。「ひと」であることを何よりも大事にして、市民とともにあろうとしているひとたちだ。いや、この言葉はおかしい。ジャーナリストであろうと、政治家であろうと、大臣だろうと、まずは「ひと」だろう、と叫ぶことさえなぜか愚かしく滑稽に思えるこの社会に、わたしたちは暮らしている。

突然転勤になったり、まったく違うセクションに異動させられた記者も少なからず知っている。いつの時代でも起きていたことではあるが、こうしてジャーナリストは、そして市民は、沈黙を強いられるのだ。

「赤信号みんなでわたればこわくない」というギャグがあった。

なんとなく好きにはなれないフレーズだが、権力を赤信号とするならば「みんなでＮＯ」と言えばこわくはないはずなのだが、現実は……。

なにかを手にするために、自分の良心を売り渡してはいけないよなーと、アコスタ記者と米ジャーナリズムの姿勢を心から支持する。アコスタ記者の一件から思い出したのは、二〇〇八年十二月にイラクを訪れ、バグダードで記者会見を開いた米ブッシュ大統領に靴を投げた記者のことだ。「夫を失ったイラクの女性や親を失ったイラクの子どもたちからの挨拶だ」と。名前を覚えられなくて、ウィキペディアで調べたら、ムンタゼル・アル＝ザイディ記者だった。後に選挙に立候補し、落選したという話をどこかで読んだ記憶があるが、いまはどうしているのだろうか。記者に戻ったのだろうか。

……いま、という時代

数日前、新しいスニーカーを買った。白いスニーカーだ。まだ履いていないので、わたしの甲高幅広の足の形に崩れてはいない、きれいな形をしている。たぶん、すぐに型崩れするに違いない。今年も、たくさんのデモや抗議行動を予定している。できる限り参加する、と決めている。

従って、デモ用に求めたこの純白のスニーカーは、すぐに汚れ、底は減り、瞬く間に型崩れするに違いない。

そこでわたしは、巡り来る春の、暖かで快晴の朝を選んで、タワシを握り締め、粉石鹸（合成洗剤は使わない）でゴシゴシと洗うだろう。

そして、わたしが愛するわたしの小さな庭の片隅、春の花々が咲き乱れている（に違いない）一隅に干すだろう。

春の花々に囲まれた、洗い立ての純白とは言いかねる少々型崩れしたスニーカー。景色としては悪いもんじゃあないな、と思う。

……この国

この国が平和から遠ざかっている感覚は今年も残念ながら続くだろう。現政権は、いやでもわたしの憤りの上にさらなる憤りを日々積みあげてくれる。

これだけの借金大国で、アメリカ合衆国の言いなり、それも言い値で、平和とは真逆の武器やら兵器を平然と買い漁る国。言い値でなくとも、そんなものは要らない。むろん原発も要らない。

郷里に残っても、出ていかざるを得ないと判断をしたとしても、再び帰郷したとしても、福島の人々の苦しみはまだまだ終わらない。

国策としてすすんだ原発。彼らや彼女らが、過去、安全神話を受け入れたとしても、誰にそれを責める権利があるだろう。

ましてや、選択にも決定にもかかわる機会がないまま、たまたまこの国に生まれてきた子どもたち。子どもたちの人生への、責任は誰にあるのか。

福島県双葉郡に佐藤祐禎さんとおっしゃる歌人であり農業者がおられた。お目にかかったことはない。手紙をいただき、どんな風にお返事を書いたらいいのか言葉が見当たらないまま迷いに迷っている間に、逝かれてしまった。いまもそのことが心に痛い。

言葉などにいちいち躓《つまず》かずにすぐにお返事を書けばよかった。悔いはこの先もずっと続くに違いない。

その佐藤さんが二〇〇四年に七十五歳で出された歌集に『青白き光』（短歌出版　二〇〇四年→いりの舎文庫　二〇一一年　いりの舎 URL:http://www.irinosha.com/）がある。

二〇一一年三月の、東日本大震災、そして福島第一原発の過酷事故が起きるはるか前、二〇〇四年に歌集『青白き光』は刊行され、事故後、佐藤さんがいわき市に避難されたあとに、再版されている。

農業に生きてきた佐藤さんが凝視してきた、原発がある郷里の日々。掌におさまるくらいのこの小さな歌集は、当時、どこに行くにも、わたしのバッグの中にあった。

「これらの歌を通して世に訴えたい」とおっしゃられた歌人の心は、あの事故から間もなく八年目を迎えるいま、東京オリンピックにわきたつこの社会の、どれほどのひとの心に深く刻まれ続けているだろうか。

歌集は、「昭和五十八年」と記された頁からはじまる。

その年、娘さんは大学進学。その様子を佐藤さんは次のように詠んでおられる。

去りゆきし子の匂ひこもるこの部屋をわれは暫く書斎とぞせむ

「長女結婚」「息子は教師」と、佐藤さん一家の暮らしは、続く。

一方、「立ち迷ふ雲」では、次のような歌も詠む。


苦労して拓き拡げし三町のこの田もわが農の終りとならむ

孫も生まれ、さまざまな祝いごとも苦悩も重ねつつ、そこには「昨日から続く今日」「今日に続く明日」があったはずだ。

しかし、佐藤さんはどうしても郷里にある原発という存在には慣れることができなかった。そして……。

……詠む

二〇一一年の過酷事故を迎えるまでは、大方のわたしたちは知らなかった、あるいは知ろうとしなかったが、火災をはじめ、原発を巡る事故は少なからず起きていた。福島に限らず、原発のあるところではどこでも。

報道されたものも、地方紙の片隅でベタ記事で掲載されたものも、無視されたものもあっただろう。

線量計持たず管理区に入りしと言ふ友は病名なきままに逝く
原発事故にとみに寡黙になりてゆく甥は関連企業に勤む

当然、二〇一一年春の、あの過酷事故以前の歌である。

「この海の魚ではない」との表示あり原発の町のスーパー店に

そうして、こんな光景も。
歌集『青白き光』の最後の歌は次のようなものだ。

いつ爆《は》ぜむ青白き光を深く秘め原子炉六基の白亜列《つら》なる

そして、その「いつ」は二〇一一年の三月に訪れたのだ。
原発の「小事故」があるたびに、お子さんたちに、「この町を去れ」とおっしゃってきた佐藤さんが、一方では、こうも思っておられた。

子の継がぬ農も或いは孫継がむ洗ひつづけむ二百キロの籾《もみ》

「疲れたな」

小声でそう呟きそうになる日、わたしは佐藤祐禎さんのこの『青白き光』を開き、一首一首を翻《かじ》り、味わい、そして飲み下すのだ。

新しいスニーカーを下ろす朝にも、きっと。

……わたしの旅

時々、夢見ることがある。ここではない、どこかに行きたい、行こう、と。しかし、それは往々にして見果てぬ夢で終わる場合が多い。

短い間、ここではない場に身をおくことはできても、新しい場を終の棲家《すみか》とする気力も体力も今のわたしにはもうない。戦争を放棄した、たとえばコスタリカあたりに憧れめいた気持ちはあるが、これも短期の旅行を夢見るだけだ。

『ぼくのたび』(みやこし あきこ作　ブロンズ新社　二〇一八年)という絵本がある。大きな旅行かばんを自転車の荷台に積んで、冬枯れの橋の上をどこかに向かうコート姿の動物が表紙には描かれている。

「ぼく」はその町で小さなホテルをやっている。毎日、世界中からやってくるお客を迎え、しばらくの間は心地よく過ごしてもらい、そして見送るのが「ぼく」の仕事だ。清潔なベッド、温かな料理、折り目正しい対応。「ぼく」が提供できるのは、そんなものだ。ホテルの仕事を終えてベッドに入ると、「ぼく」の中に、ある気持ちがこみあげてくる。ここではない、どこかへ。遠くへ旅をする夢だ。

旅をしている間中、出会う瞬間、瞬間を「ぼくは　こころのなかに　たいせつに　しまう」。けれども、夢は巡り来る朝ごとに終わる。いつもの一日がはじまり、いつもの仕事が待っている。以前に「ぼく」のホテルに泊まったお客から、たくさんの絵葉書、写真葉書が届く。そして「ぼく」はさらに夢想する。この絵葉書の風景の中に、自分が立っている姿を。

いつか、いつの日か、ここではない、どこかに……。誰もが一度は、いや、もっとたびたび夢見ることだ。しかし大方、夢は夢で終わってしまう。

絵本の主人公「ぼく」を、作者ははじめはいたちのつもりで描いていたという。しかし描き終えたとき、動物はなんでもいい、好きに読者が考えてほしいと思うようになった、と担当された編集者からうかがった。

作者のみやこしさんは、旅好きで世界中のいろいろなところを訪ねているとおっしゃる。

……ここにいる

わたしも旅は好きだ。多くの旅が仕事がらみであることは少々重たいが、それでも日常からのしばしの途中下車はそれだけで解放感がある。

しかし、わたしはこの国の、この街で今年も暮らしていくつもりだ。白いスニーカーを汚し、晴れた日にはゴシゴシ洗い、小さな庭にひとつ先かふたつ先の季節の種子を蒔き、球根を植え付け、花が終われば掘り起こし……。そして、おかしなことにはおかしい、と声をあげる。そのために奪われるものがあったとしても、ほんのりと笑い、ときには笑い飛ばし、生きていく。最終の頁を繰る時がやって来るまで。

継ぐ

教わったのは、小手先の技術ではなく、暮らすことの意義と意味そのものだったかもしれない。手渡され、次の世代へと継がれていくもの……。さらに次の次へと手渡していくもの。

……愛と悪魔と

わたしの小さな庭では、球根から育つ春の花たちが日々丈を伸ばしている。まさにすくすくといった感じだ。これを書いているのは新年を迎えて二週目の火曜日だが、日本水仙やラッパ水仙、紫の花穂がほのかに香るムスカリ、ピンクや紫、白のヒヤシンス。まだ蕾《つぼみ》の状態だが、あとひと月もすると、開花するものである。一方、オキザリスは去年の晩秋からたくさんの細長く小さな蕾をつけていて、光を浴びるとピンクの花びらをほどいてくれる、と思っていたのだが、ガラス戸に反射した光の中でも開花することを、今朝、発見！した。植物というのは、次々に新しい発見を連れてきてくれる。

わたしがよく、その一部を引用する言葉に、アメリカ合衆国の哲学者であるスザンヌ・ランガーのあのフレーズ、「……新しい発見とは往々にして、光が当たらなかったものに新しい光を当てること」があるが、直接の光ではなくとも、反射した光でも咲いてくれる場合があることを、発見した。

もう少し季節がすすむと、まだ芽しか見えないチューリップも、一目で、「あ、チューリップ！」とわかる姿に育ってくれるに違いない。

植物に関しては、「違いない」や「かもしれない」、「であろう」に「どうか無事に咲いてくれよ」と祈りをこめるしかないのだが。ほかには、ビオラやアリッサム、寒空のもとピンクの濃淡のミニ薔薇《ばら》も蕾をつけてくれている。大輪の薔薇となると、圧倒されそうでＯｈ！とちょっと身を引きたくなるが、ミニ薔薇なら可憐でかわいらしい。わが小さな庭にもこぶりな花をつける蔓薔薇を増やしたいところだが、これ以上、植物に時間をとるのは難しいので、諦めている。ちょっと無念だが、借景もあるしね。

アグロステンマ、白と薄紫のレースのような繊細な花がつくレースフラワー。大好きなロベリアなど、いまのところはこんもりとした小さな森のような苗の状態だが、陽春から初夏を彩ってくれる「であろう」植物も元気に育ってくれている。

去年の秋に種子蒔きした中で、初挑戦した黒種草（ニゲラ）も元気だ。英語名では「Love-in-a-mist」とか「Devil-in-a-bush」とも呼ばれているらしい。霧の中の愛と、茂みに潜んだ悪魔とではだいぶ違うのではないかとも思うが……。いやいや、多かれ少なかれ愛には、悪魔的要素が含まれているから、LoveとDevilはどこか似通ったものであるかもしれない。

……次や、その次の季節を夢見て

わたしの手元にはすでに、向日葵《ひまわり》や千日紅など、夏の花が写真とともに掲載されている種子や球根の通販カタログ（愛読書だ！）が届いている。

これが届くと、気が気ではない。早く開きたくてならないのだ。

しかし待てよ。以前とはちょっと違わないか？　前半の野菜などの頁が以前と比較して大幅に増えている。通販で種子を求めるひとの生活環境はさまざまだろうが、野菜などに関しては、自給自足をしようというひとが多くなっていることも、花の頁が減った理由かもしれない。需要がなければ、これほど野菜の頁が増えることはないだろう。

「花より団子」は、秋からはじまるという消費税の税率アップとも関係があるかもしれない。多くの市民の暮らしを「日々の野菜は自分で」という、趣味を兼ねた野菜づくりに取り組ませているのではないか。

ずいぶん長い間、わたしはこの種子の通販カタログを愛読しているが、バブルの頃から「平成」という元号がはじまってしばらくは、花の種子や球根の頁のほうが農産物よりも多かった記憶がある。

アップした消費税が、真実、社会保障のために使われるのであるのなら、ため息をつきながらも受け入れる人が多いとは思うが……。近隣のアジア諸国の危機感をあおるような兵器・武器の購入、それもアメリカ合衆国の言いなり、言い値での購入を考えると、消費税アップを唯々諾々と受け入れる気にはとうていならないし、納得できない。いのちのために使うべき消費税が、いのちを脅かすものに使われることに、わたしたち市民はもっと異議申し立てをしていいはずだ。反戦、反核は、先の戦争で多くのいのちを奪われ、同時に奪った被害性と加害性を併せもつ国。そこに生きるわたしたちの、まだ完了していない過去から学んだ現在と未来への理想の基本の形ではなかったか。

今年も異議申し立ての集会にはできる限り、参加する予定だ。

二〇一一年のあの日から、三月で八年目。まだまだ避難生活を続けるひとがいる。郷里を離れて避難しても、その地に残っても、一度出て、また還ったとしても、どれにしても「つらい」という声を聞く。「自主避難」という言葉に、「違う」と言うひともいる。「原発がなければ事故がなければ、わたしたちは郷里で暮らし続けることができたのだから。自主というけれど、あそれは選択ではない。わたしたちは、郷里に残ったとしても、一度出て還ったとしても、そうせざるを得ないから、そうしているだけで、主体的に選択しているのではない」

自主避難も自己責任も、自粛も、似たようなニュアンスを含ませられていないか?

……ハーブとバスタイム

ハーブ類も庭の片隅のプランターでつくっている。小さな袋に、ハーブの場合などは五百粒とか、場合によっては千粒近くの種子《たね》が入っていて、発芽するのはそのうちのだいたい七〇パーセントだ。

楽しみに待っていてくれるご近所に配ったり、料理に使ってもハーブティにしても使いきれず、ミントやカモミールなどは時間に余裕があるときの、バスタイムに使っている。バスタブに浮かして楽しむのだ。そんなときのお供になるのは、たまりにたまった園芸関係の本である。

お風呂の中でまで、難しいことは考えたくない。というか、生きて暮らすことは決して一筋縄ではいかないことばかりだから、せめてバスタイムは少しでも緩やかな時空に、である。小さな庭の、さらに小さな隅っこに、春になったら園芸用の本だけの書棚をセットしたいという希望もあるし、今年は有機の種子でミニトマトやバジルにも改めて挑戦しようというきわめて近い未来の夢もある。遠い未来を夢見る年齢ではない。それに育ちゆくものの身近にいることは、それだけで日々の弾みを贈られることでもある。

しかし、ハーブを浮かしたバスタブで寛ぐとき、思うのは三月十一日以降の災害の数々。「3・11」から、この国は何も学んでいないのではないか?と途端に、ハーブのお風呂での寛ぎタイムが、憤りと自己嫌悪に変化する。

……桂子さん

主宰するクレヨンハウスの新年会が、数日前にあった。

冬休みで帰省しているスタッフもいて、参加したのはおよそ六十人だったが、彼女たち（男性が少ない職場だ）を最も喜ばせたメニューが、伊勢海老の味噌汁だった。シェフがわざわざつくってくれた手の込んだ豚や鶏のローストやキッシュロレーヌ、パスタなどよりも、伊勢海老の味噌汁の大鍋の前に行列ができた。

この見事な伊勢海老は静岡からわたしに届いたものだった。獲りたてで、刺身にしたらさぞやと思ったが、スタッフが揃う新年会にと冷凍してとっておいたものだ。

贈ってくれたのはひとりの男性で、彼の要請を受けて伊勢海老をとってくれた漁師さんのおつれあいもよく知っている。ひとりの女性を中心に結ばれたネットワークだ。

毎年夏に、クレヨンハウスでは二泊三日の「夏の学校」という学習会を主催している。全国から受講生が集まってくださるのだが、その中に静岡で幼保の仕事や文庫活動をされているグループの女性たちがいた。そのガイド役のような存在が桂子さんで、ネットワークの核のような存在だった。

十数年前、その夏の学校に当時使っていたホテルの改装とぶつかり、やむなくその年はお休みするしかなかった。講師陣やわたしたちスタッフも入れて総勢五百人が集まれる大きな部屋と、分科会用の部屋、宿泊と食事を一箇所で準備できる宿泊施設はなかなか見つからず、来年はどうしようとホテル探しに四苦八苦していたときに、救世主となってくれたのが、静岡の桂子さんだった。

「高校時代の同級生がホテルの社長をやっているので、聞いてみてくださると電話がありました」

桂子さんと特に親しかったスタッフのひとりから連絡があり、そしてすぐに了解がいただけた。こうして、「夏の学校」を再開することができたのだ。

「幼馴染の同級生にこんなに熱心に頼まれると、ことわるわけにはいかないですよ」

こうしてホテルを替えての「夏の学校」は再開し、桂子さんをはじめとした静岡の女性グループも参加し続けてくれた。毎回の食事を念願の有機食材を使ってのものに変えることができたのも、新しいホテルに替わってからで、桂子さんたちも喜んでくれた。

「わたしが、わたしが」と前に出てくるタイプではない桂子さんはご自分が間に入ってくださったことなど触れずに、「ほんとうに、再開できてよかったですね」とほんのりと微笑《ほほえ》むだけだった。

いつだって、そうだった。ほんのりと微笑むひと……。

その彼女が大きな手術を受けたと知ったのは、その年の夏の学校の準備にとりかかった頃だった。講師との交渉と並行してポスターやチラシの印刷。ホテルとの打ち合わせに追われていた。

そして、桂子さんを敬愛するH美さんから、「桂子さんは今年も参加する。なんとしても今年も」という申し込みをいただいた。

決して予断を許さない状態であることは知っていたが、その年の準備は、五百人の中でも特に、桂子さんのために、とスタッフの気持ちはさらに熱く、ひとつになった。

しかし、桂子さんは参加できなかった。その年の夏の学校の二日目。コンサートがはじまる直前、大会場の大きなドアに額をつけるようにしているH美さんの姿を最初に見つけたのは、わたしだった。桂子さんの容態が気になって、いつもH美さんの動きを目で追っていたからかもしれない。

桂子さんが亡くなった知らせを携帯電話で受けた直後だった、とあとから知った。

H美さんたち静岡グループは桂子さんを見送ったあとも参加してくださっている。

去年、桂子さんが集めた原画や絵本を一堂に集めた会が彼女の地元で開かれた。わたしは参加できなかったが、手紙と、桂子さんが好きだった花を送らせていただいた。

そうして、桂子さんのおつれあいが、H美さんの夫に頼んで届いたのが、新年会でわたしたちを歓喜させた見事な伊勢海老だった。こくがあり、やさしい甘みもあって、とても美味《おい》しかった。

新年会がはじまる前に、桂子さんのこと、H美さんのことも短く話をした。ふっと見ると、涙をためているスタッフもいた。心すでに伊勢海老に集中、という若いスタッフもいるにはいたが。

新年会の席で、それも後輩の前で涙を流してはならないと思ったのだろう。涙をいっぱいにためたベテラン組は、天井を見上げたり、わざと咳をして口の辺りを拭くふりをしながら涙を拭いていた。伊勢海老の大鍋にダッシュする若いスタッフたちを見送って、なかなか席を立とうとしないベテラン組ひとりひとりを目の端でとらえながら、わたしは思う。

「あなたたち、ひとりひとりがいたから、クレヨンハウスをやってこられたんだよ」

ひそやかであろうと、おおっぴらであろうと、誰かを喜ばせることができるひとはたぶん、誰かのために悲しみ悼むことができるひとであるだろう。

桂子さんはひそやかに、ご自分の感情を紡ぎ、確かめ、実行するひとだった。

……ようなもの

物置に積み重ねたダンボールの中から、古いスケッチブックが出てきた。十代から二十代にかけて、なぜだかスケッチブックに大きく文字を書き殴っていた頃があった。

その中に、次のような落書きがあった。

鈍感と敏感
どちらがいい?
敏感のほうがいいだろうと　思いながら
自分の敏感さを恥じ入る感受性が欠けた敏感さは
鈍感さに通じないか
不器用さを　言い訳に使う器用なひともいるから
用心しなきゃいけない

要は　自分に暗示をかけるか
自分以外に暗示をかけるのかの　違いか？

スケッチブックには乱暴な文字でそう記されてある。タイトルは「行き暮れて」。まだ、そんな年代じゃあないだろう、と思うが。なにを感じ、なにを考えて、十代後半のわたしはこんなことを書いたのか。さっぱり思い出せない。なんだか恥ずかしい。こんな風に、一部であろうと自分の感情を切り取ってもろ書くこと、もろ書けること自体が。

このスケッチブックに殴り書きしたものをもとに、三十年ぐらい前だったか、文庫本を出した記憶がある。タイトルは、『HERSTORY　彼女の物語』（角川文庫　一九八九年）。表紙は宇野亜喜良さんのイラストレーションだった。覚えているのはそれぐらいで、昔の既刊本はすべて物置の奥にあるはずだ。「はずだ」というのは、ずっとそのままにして、改めて見たこともないからだ。

どの本もいまになっては、お恥ずかしい限りです、としか言いようもない。恥ずかしくない本などないというのが、現在の心境だが。

タイトルの「HERSTORY」は「HISTORY」をもじったもので、歴史はいつだって男たちのものだった。そこに女がいても、歴史に記されるのは男ばかり、という異議から、アメリカ合衆国で生まれた造語だった。

言語学から言うとそうではないのだが、フェミニズムの視点から言うなら、HISTORYという単語の真ん中で二つに分けると、HIS STORYとなる。まさに男の物語だ。世界史も日本史も。それに居心地の悪さを覚えた女たちの声から、ひとりの女性詩人が生み出し、前世紀の終わりごろに一部で好んで使われていた言葉だ。

殴り書きを辿っていくと、へー、あの頃のわたし、こんなことを考え、感じていたのだと思い出せることがある一方、なにを考えていたのかさっぱりわからない、というのもある。どちらにしても、行き着く先は、「恥ずかしい」に変わりない。

十代のわたしがどんな思いで「行き暮れて」という言葉に辿りついたのか、なにがあって行き暮れたのか。それも思い出せない。

六十年近く前のことである。

……贈りもの

スーザン・バーレイの絵本に『わすれられないおくりもの』(小川仁央やく 評論社)がある。表紙には、鼻眼鏡をかけたアナグマの前に列をなす森の仲間たちが描かれている。背景の緑がきれいだし、アナグマのシャツや森の動物たちの服装も軽いから、たぶん晩春から初夏の頃。初版は一九八六年、いまから三十五年ほど前に翻訳刊行された絵本だ。

アナグマは森のみんなから頼りにされていた。彼はもの知りでもあり、自分の人生にそろそろ終わりが近づいていることを察していた。けれど彼は死ぬことをおそれてはいなかった。身体はなくなっても、心は残ることを知っていたから。

そしてある日、アナグマは森の友だちに手紙を残して逝った。

「長いトンネルの　むこうに行くよ　さようなら　アナグマより」

森の動物たちは、みな悲しんだ。愛していたから。尊敬していたから。雪に覆われた森の、それぞれの棲家で、それぞれはアナグマを思い出しては泣いた。春が巡ってきた。仲間たちはアナグマの思い出を話し合った。モグラはハサミの使い方を、カエルはスケートを、キツネはネクタイの結び方を、ウサギは生姜《しょうが》パンの焼き方を、というようにアナグマにはいろいろなことを教わった。教わったのは、小手先の技術ではなく、暮らすことの意義と意味そのものだったかもしれない。手渡され、次の世代へと継がれていくもの……。さらに次の次へと手渡していくもの。

森の仲間たちはやがて、アナグマとの楽しい思い出を語れるようになり……。

「ありがとう、アナグマさん。」と呟くと、そばでアナグマが聞いていてくれるような気がした。

最後は次の一行で締められている。

「そうですね…きっとアナグマに…聞こえたにちがいありませんよね」。「ありません」ではなく、「ありませんよね」という呼びかけを含んだ最後の一行が、わたしは好きだ。

いる

巡りくる朝にはこうして小さな庭にいたいと切実に願うわたしがいる。たとえ悲しみに打ちひしがれる朝であろうと。

……静かに、深く

東京にいるとき、わたしの朝一番の仕事は、洗面をすませたら即小さな庭に出ることだ、と以前にも書いたことがある。たぶんこれからも、この習慣は変わることはないだろう。元気でいれば、という但し書きがつく年代にはなったが、来年もさ来年も……。それよりも早くに、元気という状態とは遠いわたしになったとしても、朝はいつだって、この小さな庭にいたいと思い、いるためにできるすべてのことを実行するに違いない。

七十四歳になった。いつまで現在の体調と、精神状態を保てるかはわからないし、自信もない。次の瞬間、なにが自分に起きるか予測することも到底できない。それでも、巡りくる朝にはこうして小さな庭にいたいと切実に願うわたしがいる。たとえ悲しみに打ちひしがれる朝であろうと。そう、悲しみもまた、「ここ」、この小さな庭で迎え、できるなら「ここ」で受け止め、そして「ここ」から見送りたい。

小さな庭以外にも、大好きな街、心惹かれた記憶の中の風景、光景は、内外を問わず少なからずある。けれど、やはり「ここ」が最も心穏やかに、心静かに、心深くなれる、わたしの居場所だ。最初からそうだったわけではない。「ここ」と「わたし」が密やかに創り上げてきた関係性そのものが、そうさせるのだろう。

どんなに急ぎの原稿があっても、書かねばならない手紙があっても、どんなに心ふさがれる朝でも、マグカップを手に一度は「ここ」、この小さな庭に出ないと、わたしの一日ははじまらない。白地にブルーの濃淡で蔓《つる》性の植物が描かれたこのマグカップは、旅先で一目惚れしたもので、二十年以上愛用しているものだ。

一見華奢《きやしや》に見えるが、実際はすこぶるタフで、粗忽なわたしは幾度となく床に落としたことがあるのだが、こうして無事に日常に寄り添ってくれている。何よりも、柄の部分の微妙なカーブが、わたしの手と指にぴったりなのだ。というか、わたしの手が年月をかけて、このカップの柄に馴染んできたのかもしれないが。

それがなんであれ、「馴れる」という状態はあまり居心地よいものではないが、〝馴染む〟は心地よい。

旅先の朝も悪くはないが、それでもなにやら忘れものでもしたように、どこか落ち着かないのは、そうだった、このマグカップがテーブルにないからかもしれない。そして、「ここ」ではないからかも。

……ここ

今朝も、馴染みのこのマグカップを手に小さな庭に出た。決して省略できない、ささやかな朝の儀式遂行、である。

その日の予定によって、庭にいる時間は十分の場合もあれば、小一時間になることもある。天気のいい日などはもっと長く、もっと「ここ」にいたいと願う。一日中、「ここ」にいても飽きるということはないし、「ここ」にいれば、やりたいこと、やらなければならないことも次々に浮かんできたり、思いついたりする。思いついたことの多くは、即実行というわけにはいかず、庭用のノートの、次の休日の予定のひとつになるのが常ではあるが。

「ここ」、小さな庭の片隅に置いた木製の椅子や小ぶりなベンチに座って、マグカップに注いだものをゆっくりと飲み干す……。その間に今日一日の予定と改めて向かい合ったり、書きかけの原稿について考えたり、友人の入院準備のために、今日わたしが担当するあれこれを庭用とは別のノートに書き入れたり。

このところ、友人知己の入院が増えている。そんな年代になったのだと痛感する。わたしだって、次の瞬間には、「なにがあっても不思議ではありません」の年代でもある。

この「なにがあっても不思議ではありません」というフレーズは総合病院で母について医師から何度も言われたものだ。あの頃のわたしはいつも理不尽さや納得のいかなさを抱えこんでいた……。今でも友人の病院生活につき合うと、往時のそれが甦る。

……ペンキのハネ

庭の途中まではウッドデッキになっている。あとひと月もすれば、その上を素足で歩くのが気持ちがいい季節になるが、いまはまだ二月。

庭用のスリッパをつっかけた足には厚手のソックス、時々はレッグウォーマーも必要に思える朝もまだある。

庭の一隅に置いた土やシャベル、その他園芸雑貨を納める木製のキャビネットの扉の裏側にはこの季節に必要な古いダウンコートが吊るしてある。気に入って愛用していたモスグリーンのコートだが、それを着てペンキ塗りをしていたとき、あちこちにハネをあげてしまい、外出用から庭用のコートとなったのだ。外出用から庭用になったということは、わたしの中では、コートの価値がダウンしたことを意味するのではない。個人的には、わたしにとって、よりなくてはならないものになった、ということを意味する。もろもろの仕事や用事で、外出する。近くの場合も遠くの場合もある。どれもが、わたしが選んで決めた「外出」であり、いわゆる「おつきあい」の類ではない。それでも、わたしにとって大事なのは外に出ることではなく、この小さな庭にいることであり、従ってコートが庭用になったということは、より大事なものになったということでもあるのだ。

モスグリーンのコートには、セージグリーンのペンキの水玉模様や幾何学模様が散っている。うん、案外、面白い。なによりも長年愛用した結果、身体に馴染んで心地いい。

十一年前に逝った母を自宅で介護していた頃、母ともいつも一緒だったコートだ。

天気のいい午前中、母の手を引いて、「ゆっくり、ゆっくりね」。

母と散歩をするときも、やがては必要となった車椅子に付き添うときも、短期に緊急入院した母の傍らで仮眠をとるときも……。深夜に人影のない病院の自動販売機でお茶を求めるときも、傍らにはこのコートがあった。

　コート本来の役目に加えて、母の入院時にはひざ掛けに、ときには毛布代わりにもなってくれた。

　モノに対する執着は薄いほうだと言いながら、マグカップも古びたガーデンチェアもペンキがハネたコートも、こうしていとおしいのは、それぞれが大事な記憶と結びついているからだ。あるいはこうとも言える。それぞれのモノは、わたしとともに「古くなってきたモノ」であり、それはもはや「モノ」ではなく、わたしの記憶の根幹にかかわる、敢えて言うなら、わたしの一部であるからだ、と。

　出会ったときは、単なるひとつのモノだったものが、ともに暮らす中で、モノであることを明らかに超えた。モノであることを超えた、そんな僅かなモノたちと、わたしはこれからも暮らしていくに違いない。

いまは二月。三寒四温の季節だ。

数日前は陽春の陽気だったが、今朝はまた冬に逆戻りした。今週の末には東京でも雪が降るかもしれない、と昨夜の予報は言っていた。

それでも、今朝の小さな庭には、各種の水仙が花を開いたり、小筆の先に似た蕾を次々につけている。水仙の蕾を見るたびに、わたしは小、中学校時代の習字の時間を思い出す。小筆を使うのは、最後に自分の名前を書くときだった。自分が誰であるかも、何になりたいかも曖昧なまま。

庭の花よりもいつの日か、誰かから贈られるかもしれない薔薇の花を夢見ていた頃のこと……。いまは、贈られる花よりも、庭から手折ってきた自前の花を、花器はもとより食器やグラスなども動員して挿すほうがはるかに心躍る。

わが庭にはいま、葡萄《ぶどう》を逆さにしたような、ほのかに香る紫の花穂をつけたムスカリ、地植えのヒヤシンスもまた開花している。今朝は気温が低くなるということで、昨夜苗たちにはビニールシートをかぶってもらった。

五十株はある、種子から育ってくれたロベリアの苗たち。あとふた月もすると小指の爪よりも小さな蝶々形の紫の濃淡の花をつけてくれる。白や薄い紫の夢見るような繊細な花をつけてくれるレースフラワー。花も素敵だが、ふわふわとした葉がわたしは好きだ。ピンクや白もあるが、特に藍色の花を母が好きだった矢車菊等。

小さな庭でボーッとしていると……、そう、このボーッとした時空こそ大好物だ。

時折朝の早い近隣のひとから声をかけられる。最も朝が早いのが、Kさんだ。夫を数年前に見送り、子どもたちもそれぞれ独立。ひとりで暮らしておられる。

Kさんのところは、季節の花々のほかにもハーブを中心とした一角もある広い庭で、わたしの小さな庭と向かい合うように大きな樹が一本ある。花の名は詳しいが、樹の名となるとてんで弱いわたしである。落葉樹だ。

「なんという樹ですか？」

いつだったか、樹の名を尋ねたわたしにKさんは、

「それがね、わたしにもわからないのよ」

くすっと笑った。それから、その樹を見上げて、一瞬、遠い目をして呟くようにおっしゃった。

「ずっとずっとずっと、ここにいてくれる樹なんですよ」

「いてくれる」という言葉が心に響いた。そしてKさんは続けた。静かに。

「わたしがこの家に来たときから、すでにいたのよ、この樹は。樹齢もわからないんです。彼に訊《き》いても、わからないと言ってました」

亡くなった夫のことをKさんは「彼」と呼ぶ。

「子どもたちが小さな頃、この樹は子どもたちの遊び相手でした。彼が自分でつくったブランコを枝に下げたり。樹は迷惑だったかもしれませんが。野鳥が巣をつくると、邪魔しちゃいけない、大きな声を出しちゃいけないよ、と彼が子どもたちに言っていた口調まで……、なぜでしょうね、ちゃんと覚えているんです」

この樹とともに在った家族の記憶をひとつひとつ、掌に載せてやさしく撫でるような口調でKさんはおっしゃる。中には以前にも聞いたエピソードがあるが、何度聞いても微笑《ほほえ》みたくなる。悲しいことも無念なことも、ときには怒った記憶もあるだろうが、Kさんが語るのはどれも清々《すがすが》しく、気持ちいい風が吹き抜けるようなものばかりだ。

記憶そのものが、こうしてひとの心に弾みや安らぎを贈ってくれるような日々を、わたしも重ねたいと願う。

Kさんの彼、夫はこの家で、この樹を見ながら、最期を迎えられた。

「どうしても、病院から家に帰ると言い張って。我の強いひとではなかったですし、自分の主張が周りを困惑させないように、気をつかうことができるひとでしたが……、どうしても帰りたい、と」

家に戻った彼は、車椅子の上であの樹を見上げて、「やっぱりいいなあ」と呟いたという。その口調がいまもここに、とご自分の耳に手を当てて、Kさんは言った。そして耳に当てた手を今度は胸の上に移動させて、さらに「ここに」とおっしゃった。

「家に戻ってから窓辺にベッドを置いて、いつも樹を見ていました、彼は。入院していたときから、家に戻ったらベッドは樹が見える窓の近くに寄せようと決めていたそうです」。それに力を貸してくれたのは、お孫さんたちだったという。

幸せなどという言葉を軽く使いたくはないが、Kさんと彼にとって、この樹とともにある暮らしこそ、幸福の象徴だったのかもしれない。

「子どものひとりが登った枝から落ちた日のこと。まだわたしたちが若かったころ、木陰でふたりして銘々好きな本を開いた春のこととか……」

彼は何度となくベッドの上から樹を見て、話をしたという。「そうそう、息子が恋人を紹介したいと、わたしたちに言ったのも、この樹を見上げながら彼とわたしが、枝を少し剪定《せんてい》しなくちゃいけないとか話をしていた初夏の日曜日のことでした……。それを聞いて彼はなぜか慌ててしまったのか、急に無愛想になって、それからまた急に、そうか、それはいい、それは、いい娘さんだろうと、まだ会ったことのない娘さんについて、ひとりで納得したように何度も頷いていたんですよ」

この樹の名前は知らないけれど、Kさんにとっては夫や子どもたちと重ねた日々を象徴する、かけがえのない記念樹であることは確かだ。

植物図鑑や樹の本を調べてみても、似たような樹はあるのだが、いまだに特定できないでいる。Kさんとわたしの間では、「あの樹」や「この樹」ですべて通じる。それでいいのだと、最近では思いはじめている。「あの樹」は間もなく芽吹きの時を迎える。

「子どもたちが、自分たちの家で暮らそうと言ってはくれるのですが、わたしは、ここがいいんですよ。ここであの樹を眺めているだけで、自分の二十四歳からの日々が、確かにここにあるんです、いるんですと、言えるんです」

Kさんからわたしは、お子さんたちの連絡先を渡されている。

Kさんは絵本が好きだ。

「だって、大きな字じゃないと読めないから」

わたしがプレゼントした絵本の中でも、彼女のお気に入りの一冊は、『ろくべえ　まってろよ』（灰谷健次郎・作　長新太・絵　文研出版　一九七五年）。

子どもたちが、深い穴に落ちてしまったろくべえという名の子犬を助ける話だ。

「いろんな子が出てくるでしょ？　その子の中に、うちの子どもたちを見つけたり、遠い昔の自分自身を見つけたり……。彼と再会することだってできるんです」

一匹の子犬を必死に助けた子ども時代の一日を、絵本の中の彼らも覚えているに違いない、いくつになっても。とてつもなく厚い壁にぶつかったとき、なにもかもが裏目に出たとき……。その記憶は、眠りからさめて、甦る。記憶もまた、ひとりひとりの心の底に「いる」ものなのかもしれない。

Kさんと「あの樹」の下で、光が明るい四月には、この絵本を開こうという約束をしている。

味わう

季節の移ろいがこんなに心に迫るようになったのは、ある年代を過ぎてからだった。

……驚きのセンス

夜明けが早くなって、夕暮れは遅くなってきた。

忘れずに巡ってきてくれた春。ただそれだけで、感謝したい朝がある。

心の奥底には常態となった淡い鬱屈を見ながらも、眩しさを増した朝の光に目を細めるとき、どこか祈りに似た感謝が確かにある。

季節の移ろいがこんなに心に迫るようになったのは、ある年代を過ぎてからだった。風の感触の変化に、今日の空の色に、芽吹いた枝先の緑に、はじめて見たような、はじめての体験であるような驚きと感動を覚える。

レイチェル・カーソンの、まさに『センス・オブ・ワンダー』（上遠恵子訳　佑学社　一九九一年→新潮社　一九九六年）である。

いま目の前にしているものに関して、「もしこれが、いままでに一度も見たことがなかったものだとしたら？　もし、これを二度とふたたび見ることができないとしたら？」と、アメリカ合衆国の生物学者であり、『沈黙の春』などの著者でもある彼女は綴った。

『センス・オブ・ワンダー』は、大作、『沈黙の春』を書き終えたあと、自分にはそれほどたくさんの明日が残されていないと知って、彼女が書きはじめたエッセイだ。自然の移ろいに驚異の目を見張ろう、と科学系ではなく、女性誌に連載した作品である。享年五十六。

平坦で広い道と険しい狭い道が目の前にあったら、なぜか険しい道のほうを選んでしまう（気づいたら選んでいた）というような彼女である。

母親を見送り、早くに亡くなった姪の息子の成長を見守った彼女は終生シングルを通した。農薬などの恐ろしい被害を告発し、歴史を変えた類まれなる書物の一冊と後に呼ばれるようになった『沈黙の春』を刊行した当初は、「女性」で、「学者」で、たぶん「シングル」ということが、本の内容とは無縁のところで批判の対象にもなったことは想像に難くない。

いつだって、社会は女をバッシングするための理由を探しているのだ、と言い切ってしまうと、被害妄想と言われそうだが。実際の被害を申し立てた女性に対しても、この社会は「被害妄想」と言いたがる。

……昼下がりの公園にて

繁華街の一角、ビルとビルの間に挟まれた日当たりがよいとは言えない小さな公園。古びたべンチに浅く腰かけて、いましがたコーヒーショップで買ったレギュラーサイズのコーヒーを飲んでいる。昼下がりだ。

たっぷりと太った黒猫が、僅かな日差しを求めて、向かいのベンチで伸びをするさまにつられて、わたしも欠伸《あくび》をひとつ。

「ああ、春なのだ」という思いと黒猫への共感をこめた、欠伸である。

コーヒーを買う前に立ち寄った書店で、中原中也の詩集を一冊買った。不意に頭に浮かんだ中也の詩の一節をどうしても確かめたくなったからだ。中也の詩集は、わが家の書棚に数冊、同じものが並んでいるはずだから、帰宅してから確かめればいいのだが、なぜかいま、すぐ、にこだわったのだ。

次の約束の時間までは、まだ四十分はある。一編の詩の、数行を確かめるなら、屋根のあるところより、屋根のないところで、とこうして公園のベンチに落ち着いたのだ。

向こうのベンチでは、中年の男性がスポーツ紙を広げながら、顔を空に向けてエナジードリンクを飲んでいる。黒猫の隣のベンチでは、なんとかこの猫を手懐けようと若い女性が一方の手にしたメロンパンを齧《かじ》りながら、猫が腹ばうベンチのほうに腰をずらし、もう一方の手を差し伸べるのだが、黒猫は無視。そのそっけなさには、学ぶところがある。

中原中也は黒猫は好きだったろうか。

彼の詩に出会ったのは、中学二年の春だった。

大好きな国語の女性の教師、S先生が、授業の流れとは別に、中也の詩を時々声にして読んでくれた。詩集の表紙だったかに印刷された、あの、黒い帽子をかぶった中也の写真も見せてくれた。少年のように見えた。

「カレはね」親しい友人のことを話すように、S先生は言った。

「カレはね」。わたしたちも真似てみた。女子校で、異性の友人などいない時代だったから、S先生が心こめて使う、「カレ」という言葉の響きに、どきどきした。いつか、わたしもそんな風に言ってみたい、と。

中也が代々開業医の家に生まれ、跡取りとして医師になることを周囲から期待されながらも、八歳のときに弟を病で失ってから、「文学」と呼ばれるものに目ざめた……。そんなエピソードも、S先生は伝えてくれた。

中也が僅か三十歳で亡くなった、という事実も、普段は騒々しい十代の女の子たちの心をとらえた。

「そう、ちょうどあと三年で、わたしも三十歳だから。わたしとほぼ同じ年代で死んでしまった……」

自分の年齢をはっきり言う教師がいなかったせいで、S先生の言葉はとても新鮮に響いた。

「なぜかな、疲れると、中也の詩を読みたくなるの」

S先生はそんな風にも言った記憶がある。

実際は、「疲れると、中也の詩に会いたくなるの」と言ったのかもしれないし、「疲れると、中也に会いたくなる」と、言ったのかもしれないが、記憶は定かではない。

先生にも疲れることがあるんだ。テニスの得意ないつも溌剌《はつらつ》とした先生と、疲労という状態が結びつかず、わたしたちは困惑した。

「ほかの先生の二倍は食べるのよ。でっかい弁当箱にぎっしりご飯とおかずが詰まっていた」

昼に職員室に行ったクラスの誰かが、報告してくれた。

S先生の「中也に会いたくなる」といったような言葉は、違った意味でもとても驚異だった。作品に出会うということは、それを書いたひと、そのひとに会うことなのだ……。とそのとき、わたしたちははじめて知った。

中也をわたしたちに紹介してくれたS先生は、わたしたちが相変わらずの騒々しさを維持したまま付属の高校に進学した春、退職した。

大学院に進んだと聞いた。

……確かめたかった

昼下がりの公園をあとにしながら、わたしはいましがた再会できた一編の中也の詩の数行を舌の上で転がしていた。

何度となく読み返してきた中也の詩だが、その短すぎる生涯で三百五十編余の詩を残した「カレ」には、春をうたった作品も少なくない。

探していたのは、この詩の、この二行のフレーズ。『春』というタイトルの作品だ。

　春は土と草とに新しい汗をかゝせる。

そんなフレーズからはじまる作品で、「ああ、このフレーズを確かめたかった」のが、以下の二行だ。

　あゝ、しづかだしづかだ。

　めぐり来た、これが今年の私の春だ。

S先生がむしろ抑揚を抑えた口調で読み上げたときの記憶が、こうして文字を前にすると鮮やかに甦ってくる。

これもどうでもいいことでありながら、わたしにはどうでもよくないことだが、「今年の私の春だ」だったのか、「私の今年の春だ」だったかも、確かめたかった。

海の向こうの女性作家の本にそんなタイトルの作品があった覚えがあるが、どうでもいいけれど、どうでもよくないこと、が、人生にはままあるものだ。どうでもいいことは思いきりよく棄てて、どうでもよくないことだけをごく少し握って暮らしていけたら、と思うが。

この「春」という詩も、先生は授業中の「脱線」で読んでくれた。ハスキーな声は、ちょっと花曇りの空によく似合っていた。

これは現在のわたしにとっては「どうでもいいこと」に区分けされるテーマだが、S先生が同性愛者であるという噂を聞いたのは、退職されたあとだった。

「で、学校を辞めさせられたんだって」

「ほんとかね?」

「誰かが言ってたよ」

「誰かって誰よ。誰かが言ってたという噂って、だいたい嘘なんだから」

「同性愛者だからといって、それがどうしたのよ」

「わたしたちで、先生にいてもらえる運動すればよかったね」

たいしたことじゃない、と言いながら、噂は瞬く間に広がったのだから、六十年前のおおかたの女子高生にとって、同性愛者であるということは、「どうでもよくないこと」であったのかもしれない。

いまなら言える。単なる数の違いでしかないだろ?と。異性愛者のほうが、同性愛者より多いというだけ。それに、対象が誰であれ、愛することは素敵なことじゃないか、と。

次にS先生がわたしたちの会話に登場したのは、大学院の友人と結婚したという噂を通してだった。こちらの噂は事実だった。

朝礼で、担任の教師から発表された。

なぜだかそれ以来、S先生はわたしたちの会話に登場しなくなった。

……山菜の夜

昼下がりのベンチで中也を読み、黒猫とも出会った日の夜、わたしは蕗《ふき》の薹《とう》や春の野菜たちの料理をつくった。料理というほどのものではない。さっと湯がいたり、炒めたり、焼いたりの手間暇とらずの料理である。

まずは蕗の薹。待っていたよ、おまえとの再会を、と叫びたくなるほど大好きなのだ。子どもの頃は苦くて、大人たちがなぜこんなに歓迎するのかわからなかったが、このほろ苦さが、春の味なのだと。

蕗の薹は水できれいに洗って、根元を薄く切り落とす。花の蕾を包んでいる苞《ほう》の外側をとって、手で裂いてから（包丁は使わない）、水に放してアク抜きを。

これは祖母や母から伝えられた蕗の薹との「つきあいかた」である。アクを抜いたら、フライパンにオリーブオイルを垂らして軽く炒め、メープルシロップ（いつも使う洗双糖《せんそうとう》を切らしたので）を加えて混ぜた味噌（わたしは玄米味噌が好みだ）を蕗の薹にからめて、一品できあがり。

続いて、さっと茹《ゆ》でて鮮やかな緑を残した菜の花を辛子醤油で和《あ》える。これで二品目、完成。

友人が贈ってくれた淡いグリーンが美しいウルイは卵とじに。春キャベツとミニトマトを豆乳マヨネーズで和えて、四品目。昨日の残りの玄米でおかゆをつくり（昨夜は食べすぎた）、ほぐした梅干を加えて、さらにとろとろに。最後に刻んだパクチー（三つ葉でも美味）を加えて主食も完成。味噌汁は豆腐とわかめ、大根とニンジン、カブの漬物も自家製、とベジタリアン風の夕食ができあがった。

胃でも、おなかでも、いや、心でも疲れ気味のときは、こういう献立がいい。むかしは、どーんと頑張るぞ、のときや元気が欲しいときは、焼肉などもりもり食べたものだったが。

「胃の調子がよくないときは、ストレスがたまったときでもあるんだから、少し休ませてあげなさい、胃も心も」

そう言ったのは自ら強迫神経症で長年苦しんだ母だった。そのくせ彼女は、おかゆが嫌いだった。「戦争中の芋がゆを思い出して、どうしても好きになれないのよ」

そう言って、酸っぱいような微苦笑を浮かべたものだった。

母を見送って十一年。母が生まれた春がまた巡ってきた。春恵さんという名前だった。

「春に生まれたから、春恵さん？　なんか手軽だなあ」

そう言った娘に、母はまた酸っぱいような微苦笑を。

来週には友人からタラの芽やコゴミ、ワラビなどが届く予定だ。

わが家でも間もなくパクチー（コリアンダー）の第二弾の種子を蒔《ま》く。

「今年の私の春」はやはり土と向かい合う春、になりそうだ。

陽だまりってほんとにいい。ありがとう、と天を見上げて言いたくなるほどだ。

草の上にできた小さな陽だまりの中に二匹の猫が寄り添うように座っている。『ひだまり』（光村教育図書　二〇一八年）という絵本の表紙だ。大ぶりな、どこか油断ならないようにも精悍にも見える目をした雉猫《きじ》と、優しい顔立ちの三毛猫。前作『あかり』同様、林木林《はやしきりん》さんが文章を書かれ、岡田千晶さんが絵を描かれた一冊だ。

表紙の猫たちの、なんと見事な！　息遣いや、ごろごろと鳴らす喉や、ちょっとこわめの毛並みや、すべてが伝わってくるような。すぐに物語の世界に入りたいが、まずは表紙の猫たち、その表情と対面していたい。

二匹とも、飼い主はいない。境遇には似たものがあるのだろうが、性格はまるで違う。大ぶりなやつの名前はトラビス。カレのお気に入りの場所は、カレが大の字を描いても「まだ すこし あまる」陽だまりだ。

トラビスはその界隈ではボスのような存在だが、手下をつくるどころか群れて暮らそうともしない。あくまでも一匹で誇り高く、けれど、ときにはほかの猫がくわえた魚などを強引にかすめとって暮らしている。カレにはこわいものなどなかった。あの猫、やわらかな雰囲気の三毛のミケーレに出会うまでは。自分の餌をほかの猫に分けてやるミケーレは、トラビスにとって理解できない不思議な存在だった。彼にとって餌は分けるものではなく、勝ち取るものなのに。

ミケーレと出会ってから、カレは自分がかつて体験したこともないような不思議な感覚にとらわれた。それは奇妙にくすぐったい、不安でもあり、けれどほのかに暖かな感覚だった。ミケーレを前にして、あるいはミケーレと一緒にいなくとも、カノジョのことを考えると、この不思議な感覚は心のどこか深いところから湧いてくるのだった。

トラビスは受け入れる。「たいせつな　だれかがいる。／それだけで、いつもの　けしきが　こんなにも　かがやく」ことを。そして、その輝きを受け入れることは、別の不安を受け入れることでもあった。それは「いつか　ミケーレが　いなくなってしまったら――」という不安だった。

そして、ある日、不安は現実のものとなった。車にはねられたミケーレはよろめきながらトラビスのもとにやってきて、呟いた。「こんど　うまれかわったら　ひだまりに　なりたい。／どこにいても　あなたが　いつも　あたたかいように」

そんな言葉を遺して、ミケーレは死んでしまった。

ちょうど女友だちが倒れて入院した夜。わたしはこの絵本を読み返した。この絵本について急ぎの感想文を書かなければならなかったからだ。彼女のベッドサイドで、彼女の寝顔に目をやりながら、絵本に目を戻す作業はつらかった。

その彼女も元気を取り戻し、今週末には退院できそうだ。

そしていま、同じ絵本を読み直している。置かれた状況で、一冊の絵本もこんなに違った景色を連れてくるものかと感嘆している。とても静かな気持ちで、いまはトラビスとミケーレの物語を読めるわたしがいる。今年の私の春は、まだはじまったばかりだ。

築く

一度折りたたんだ意識や信条は、風通しのいいところにしっかりと保管をしておかないと、花の季節を終えてからも放置しておいた球根のごとく、カビがはえたり腐ったりする場合もある。

……「一色」

四月一日、新しい元号が決まった。諸外国のメディアの中には、よりにもよってエープリルフールに？と訝《いぶか》ったところもあったようだが。

エープリルフールであろうとなかろうと、個人的にはどうでもいいなと思うけれど、この騒ぎは一体、なんだったのだろう。そっちのほうが、はるかに気になる。

わたしは西暦しか使わないのでぴんと来ないが、決定発表前後の、特にテレビメディアの大騒ぎは、正直、この国からジャーナリズムなどというものは一斉に消えてしまったのではないか、と今更ながら痛感させられた。

「元号祭り」に終始したメディアが多かった。そう、あれは祭りであり、フィーバーだ。

帰宅して夜遅いニュース番組を観ようか、とテレビをつけると、どのチャンネルでも、どんな元号名になるかの大合唱。予想まで提示されていた。

いつも書いていることだが、「一色」はこわいことなのだ。「いろいろあり」であり、その「いろいろに優劣をつけない」ことこそが、かたいことを言うようだが、民主主義の基本ではないか。それが、来る日も来る日も一色である。

色とりどりの春の花が咲き乱れ、緑（一色ではない）が噴き出すこの季節に、「一色」というのはあまりにも味気なく、おそろしく不気味ではないだろうか？

……変だよなあ

普段なら熾烈なる視聴率競争をしている各局が、こと元号に関しては、横並びというのも妙な話だ。この国にはほかにニュースはないのか？と書いて改めて考える。

ニュースは最初から、こうして選別されているのだ、と。それを学び・学ばされる機会でもあったのが、この元号祭りだ。作り手がニュースとして認めたものだけが、ニュースとして認知されていく過程を、わたしたちはいやおうなく目撃し、体験させられた、というか、受け手として加担させられたのだ。

むろん作り手や伝え手、さまざまな形で番組にかかわるひとの中にも、「一色はまずい、こりゃダメだ」と思っているひとは少なからずいるはずだし、現実に、そういった存在を知ってはいるが……。たぶん、そういうひとは、ひとつの組織の中で生き延びることは難しい時代なのだろう。生き延びるためには、疑問や問題意識を折りたたむしかない。「しかるべきときがきたら、この意識と信条をとりだし、番組をつくろう。表面化して、提示しよう。それまではしばし、静かにしていよう」

そう思い、いったんは異議を「お休み」とするひともいるだろう。ひとはみな、それぞれの事情を抱えて暮らしているものだ。育児中のひともいれば、介護中のひとも、子どもの教育費やマイホームのローンに追われているひともいるに違いない。だから、しばし「休眠」があってもいい。急ぎすぎて「自爆」することはない。心底、そう考える。

しかし、一度折りたたんだ意識や信条は、風通しのいいところにしっかりと保管をしておかないと、花の季節を終えてからも放置しておいた球根のごとく、カビがはえたり腐ったりする場合もある。

さあ、球根の「植え時だ」と、取り出してみたらカビだらけだったというのも悲しい。

余談ながら、わが家のヒヤシンスもチューリップも今年の花は終わった。各種水仙もまた来年までさよなら、だ。水仙は地植えのままで増えてくれる。ヒヤシンスも同じだが、今年はもう少しして、枯れかけた残った葉を取り除き、梅雨前まではそのままお礼の肥料をあげ続ける方法をとろう。そして梅雨前には網などに入れて、風通しのいいところに吊るして秋まで休んでもらおう。一方、思想・信条、意識を萎えさせることなく、保管しておく方法はないのだろうか。わたし自身はどちらかというと、「自爆組」のほうだと思うが。

……画面の向こう側と、こちら側

とにかく画面から流れてくるのは「祭りだ、祭りだ、わっしょい、わっしょい」、「乗り遅れるな」の荒々しい大合唱である。

心のうちはどうであろうと、キャスターはこぞって「新時代のはじまり」を喧伝する。

どこから？　いつから？　誰から？　新しい時代ははじまるのだろうか。拡大化・深刻化する格差は、新元号とともになくなったのか？　どこに生まれたかなど関係なく、すべてのそれぞれの子どもは、自分が望む人生の選択が保障される時代を迎えることができたのか？

七人に一人と言われる子どもの貧困率は、「令和」の発表とともにすべて解消されたのか？　待機児童と呼ばれる子どもたちは元号とともに、すべて入園できたのか？

辺野古新基地への沖縄県民の投票結果は、どこに反映されているのか？　新たな工区への土砂投入は止まったのか？　この国が持ってしまったすべての原発の危険性は解消されたのか？　政権は再稼働に前のめりで、解消されるわけはない。

新しい時代のはじまり、という意味不明なかけ声が、この上なく空疎に響く。

テレビの画面のあちら側と、こちら側。この乖離《かいり》をわたしは乗り越えることができないでいる。

せっかくの桜の季節であったのに、呼吸が浅くなるような日々が続く。

間断なく散る桜を「しづ心なく花の散るらむ」とうたったのは紀友則だったが、まったく、静心を奪われた日々だった。

……明子さんの陽春

明子さんはこの五月に八十七歳になる。「あなた、気がつけば八十七よー。自分でも信じられないわ」

午前九時の電話。受話器の向こうから張りのある声が返ってくる。

「でも。令和の令って、わたしらの時代の者には命令とか指令の令に思えて、なんだかいやだわ。もっともわたしは、役所の記入欄でもどこでも、元号ではなく、西暦で書き直しているからいいんだけど」

つれあいはすでになく、ひとり暮らしの明子さんである。このところ体調が思わしくない彼女に、毎朝、電話をするのが日課になってもうずいぶんになる。

毎朝九時になると、明子さんちのリビングの電話が鳴る。わたしがかけているのだ。

「朝ご飯も終えて、お茶を飲みながら朝刊を広げる時間にしているから、大丈夫よ」

一方わたしは、ちょっと心配。

「ね、電話、うるさくない？　かかってくる時間だと思うと、それに縛られるってことない？　二日おきとか三日おきにしたほうがいいときは、言ってね」

気になって明子さんにそう訊いたことがある。

余談ながら明子さんは「メイコ」さんと読む。

「両親は、五月はＭＡＹだから、ちょっと奮発したのかしゃれたのか、アキコと書いて、メイコにしたらしいわ」

「奮発」という言い方が、わたしを笑わせてくれる。

体調がよくて、膝や腰も「元気な日」は、地域の平和のパレードに参加することもある明子さんだ。

「迷惑なんてことないわよ、大歓迎よ。毎朝九時に電話があると決まっていると、いろいろ家の仕事がはかどるのよ。それまでに洗濯機を回しておこうとか、速達をポストに投函してこようとか、回覧板をお隣にもっていってこようとかね。毎朝九時の電話は、朝の句読点にもなってくれて、大助かりよ」

ありがとね、と明子さんは言ってくれる。

「もっとも最近は、わが家では洗濯機はほとんど休眠状態なのよ。小さなのは、お風呂に入って、ちょこちょこと洗えばいいし。洗濯機が大活躍するのは衣替えの季節だけかな」

明子さんは、生まれてはじめて洗濯機が家にやってきた日のことを鮮明に覚えているという。

「洗濯槽の横に手回しの絞り機っていうのかな、ぐるぐる回して洗濯したものの水を絞る、とってのようなものがついていていて」

わたしも覚えている。はじめて洗濯機がやってきたのはいくつの頃だったろう。祖母が感嘆の声をあげたことも鮮やかに甦る。

明子さんは、洗濯機がやってきた日の、彼女の母親の様子を活写する。

「母がね、その日は朝からそわそわして。格子戸……ドアじゃなくて、わが家は格子戸だったのよ。とにかく、母の全身全霊が格子戸のカタッという音と呼び鈴に集中しているのがわかったわ。待ちわびて、待ちわびて。もちろんわたしたちも。どこのメーカーだったかしら。あなた、木暮実千代さんって女優さん、知ってた？ ええ、亡くなったひとだけれど、木暮さんがコマーシャルをやっていた洗濯機なのよ」

ご近所のひとを呼ぶように、親しげに明子さんは木暮さんと言う。

「で、いよいよ洗濯機が到着した。母は歓声どころか、感激のあまり声をなくしてしまって……。運んできてくれたひと、近所の電器屋さんだけど、一応、試しに回してみましょうかって。洗濯ものありませんかって」

言われた母親は、新品の洗濯機に合わせたわけではないだろうが、慌てて明子さんの新品の木綿のブラウスを差し出して……。

「あ、それ、洗わなくていいのに、となぜか言えなくて……、洗濯機が回りはじめて、母は突如、言葉を取り戻したように、なんて便利なの、なんて早いの、あらあら、おうおう、見て見てって、ぴかぴかの白い洗濯機を前に感嘆の言葉のオンパレード」

近所の電器屋さんが帰ったあとも、洗濯機に寄り添うようにして離れなかった。

「午後いっぱい、洗濯機のそばにいたんだから。ちょっと離れても、すぐに戻って、そこを動かなかったのよ」

明子さんの話は続く。

「そう、五月のよく晴れた日だった。日曜だったのかしら、父も家にいて。洗濯機の中をのぞき込んで、シャツやパンツがぐるぐる回っているのに、まあ、とか、あらら、とか、見て見て、とか声をあげたり、手を打ったりして……。そんな母を見て、膝がまた痛くなるぞって」

そう言って、父親が、書斎からわが家にひとつしかない自分の椅子……あとは畳の部屋ばかりだったから……、すっごく重たい椅子を運んできて、洗濯機のそばにおいて、明子さんの母に声をかけたという。

「これに座って見ていなさい、って。父もなんだか嬉しそうで、しばらくは母が座った椅子の背もたれに手をあてて、母と一緒にピカピカの洗濯機をのぞき込んでいたのを……。この間、観たばかりの映画の一場面のように鮮やかに覚えてるのよ」

受話器の向こうの、明子さんは弾んだ口調で述懐する。そしてそのとき、明子さんは普段は気難しい父を、「大好き」と思ったという。母親のこともまた。

誰かが誰かを「大好き」と思った記憶は、そう思うその誰かに、今朝の光のような透明な明るさを贈ってくれるものかもしれない。

たぶん、とわたしは思う。こういった感覚、「大好き」の感覚、瞬間の記憶こそが、ひとを支えてくれるものではないか、と。

話題は洗濯機から例の元号に。

「万葉集はすぐれた歌集だとは思うけれど、貴族と一緒に防人《さきもり》のうたも入っているからといって、差別がないとは言えないでしょう？」と明子さん。わたしもそう思う。

徴兵されて防人になった彼らがいかに心に迫る歌を詠んだからといって、貴族は貴族、防人は防人、身分制度がなくなるわけではない。

そんなことを言い合いながら、気がつけばわたしたちは、ほぼ二十分間も電話で話していたことになる。そろそろわたしは出かける時間だ。

毎朝九時の電話はわたしにとっても句読点になってくれている。

家にいる晴れた日には、電話をする前に洗濯したものを干し終えようと決めている。原稿を一本書いてから電話をかけようとする。小さな庭の花々に水をやってから、という区切りにもなる。

明子さんへ電話をするという日課は、むしろわたしの励みになってくれているようだ。

電話は新幹線の駅からかけることもあり、空港からの場合もある。旅先の朝、いつもとは違う部屋で、充分に充電し、朝から満腹顔の携帯電話からの場合も。

明子さんには三人の女性のお孫さんがいる。

「三人とも、シングル。親たちはいろいろ言ってるけど、別にパン食い競走じゃないんだから、早く早くと結婚をせかすことはないのに」

そう。いろいろな人生があるし、そのいろいろに優劣をつけることはない。その孫たちや、これから迎えるかもしれない時代が、「なによりも平和であること」。そんな時代を築くのが明子さんの望みであり、希望であるという。そのために一市民として考えていきたいし、行動もしたい、むろん一票も投じると。それが明子さんの、「明るい覚悟」であると、彼女は言う。

「願わくば、朝になって、あなたが電話をしても、わたしが出ないで……。あなたにはご迷惑でしょうが、眠りの中で文字通り眠るように逝ったわたしがいるの、そうしたら、よかったね、明子さんって思ってね」

なんと答えたらいいのか、わたしにはわからないが。

……『ベイビー　レボリューション』

明子さんの願いでもあり、わたしのそれでもある思いを託して、一冊の絵本が完成した。『ベイビー　レボリューション』（クレヨンハウス、二〇一九年）。

浅井健一さんのバンド「SHERBETS」が二〇〇五年に発表したこの曲をわたしに教えてくれたのは、わがクレヨンハウスの編集部の女性だ。歌詞を読んで、「絵本にしたい！」と叫んだわたしがいた。絵は？

「奈良美智《よしとも》さん」

青空の下を三万人のベイビーがはいはいしていく。三万人のベイビーはやがて三十万、そして三百万、さらに三千万、三億人になって。

ぼくたち　なにやってるのか
ばくだん　おとして　ぼくたち
かなしみ　つくって　ぼくたち

かなりラジカルな歌詞に、さらに素敵にラジカルな奈良美智さんの赤ちゃんの絵。編集段階からかかわれた充実をいま噛み締めている。この絵本もまた、わたしのこの社会への、この時代への「明るい覚悟」と言える。

つなぐ

血縁に限ることなく、「妹」たちには、自分の夢の背中をそっと押してくれる姉的存在が、まだまだ必要だ。

……蕗を茹でる

ゴールデンウィークの最後の一日に当たる朝だった。

大鍋に湯を沸かしながら、まな板のうえで蕗《ふき》を板ずりする。リッパな蕗たちだ。

これから蕗の煮ものをつくる。

塩をまぶして掌《てのひら》でこするように蕗を転がすことを、「板ずり」というのだと昔わたしに教えてくれたのは、祖母だったろうか、母だったろうか。

裏庭に大きな柿の木がある郷里の平屋。縁側には黒い足踏みミシンが置いてあった……。

板ずりという言葉を知っていようといなかろうと、人生にはさほど変わりはないと思う半面、知っていてよかったなあ、と思うわたしがいることも確かだ。料理に限らずまだまだ知らないことがたくさんある。その実感というか、淡い畏れのようなものを大事にしたいとも思う。

が、いまは旨い蕗の煮ものをつくることが、今朝のわたしのテーマであるのだ。

この季節、わが家の食卓にはよく蕗の料理が並んだもので、子どものわたしも大好きだった。大鍋にたっぷりの湯が沸いた。板ずりした蕗を塩をつけたまま鍋に入れて、しんなりするまで茹でる。「弓状に曲がるまで」と教えてくれたのは、誰だったろう。弓なんて見たことも触ったことも当然ないのに、なんとなく納得したのは不思議だが。と書いてきて、板ずりや弓状に曲がるまでと教わったのは、もっとあとかもしれないと思いなおす。

さて、大鍋である。蕗を茹でるのに大鍋を使うのは、できるだけ長いまま茹でたほうが、あとで皮を剝《む》く手間が少なくてすむからだ。蕗は大好きだけれど、皮剝きは面倒というひとはいる。わたしもそのひとりだ。短く切ってから茹でてしまい、ひとつひとつ皮を剝くはめになったら、ちょっとヒゲキである。だから、できるだけ長いまま茹でて、皮剝きの時間は短縮する。

いま蕗を茹でている鍋はもう何十年も使っている大鍋で、ほぼ長いまま蕗を茹でるときと、大人数で過ごした大晦日《おおみそか》の年越し蕎麦を茹でるときぐらいしか、もはや出番はない。あるいは友人たちとパスタの宴を開くときぐらいか。

……蕗の皮を剝く

「弓状に」曲がるようになった蕗を冷たい水にとって冷ましてから、薄皮剝きだ。

蕗が食卓に並ぶ季節、指先がなんとなく腫れぼったいのは、茹でた蕗がまだ熱いうちに皮剝きをはじめるからだ。充分に冷めるのを待てないのは、わたしのせっかちな性分のせいだ。

皮剥きが終わった。面倒なことは極力避けたいたちだが、旬のものを食べるという手間暇と意欲だけはキープしておきたいと願う。七十四歳のわたしが、いつまでその手間暇と意欲を、暮らしの中で持続できるかどうかは正直わからないが。

二月末の小雨の寒い朝。急ぎの用事で小走りしていたとき、濡れ落ち葉を踏んで転倒。右膝をしたたかに打った。

例によって「だいじょうぶ、だいじょうぶ」。市販のシップ剤を貼ってなんとか乗り越えたつもりだったが、いま頃になって姿勢を変えるときなど、筋がキーンと痛くなる。病院に行く時間を惜しんで、結果的には痛みを長引かせてしまったのだ。蕗の煮ものをつくる手間暇は惜しまないのに。今朝も痛めた膝の筋に多少違和感があるが、気分は一直線に蕗へと向かっている。

この季節、蕗を炊いたものなどはデパ地下のお惣菜売り場でも手に入るが、味つけが上品すぎるというか、なんとなくわたしには物足りない。食感も柔らかすぎる。で、こうして自分でつくることにしているのだ。

ひとつかふたつ先の季節の花の種子《たね》蒔きと、旬の野菜料理。これがわたしの、現在の元気のもとになる、二種のひとり遊びである。

両方とも余分なおしゃべりは不要だ。ただ黙々と、あるいは鼻歌など歌いながら、すればいい。飽きたらやめてもいい。誰からもクレイムはない。飽きたらやめられるということが、むしろわたしを飽きさせない理由のひとつなのかもしれない。

人生そのものが、飽きてもやめられないものであるのだから、飽きたらやめられるものを暮らしの中に持つことも大事だ。

蕗の皮剝きをしながら思ったことがある。こんな風にひとも、過ぎた日々の中から、嬉しくない記憶の皮をくるりと剝いて、脱ぎ捨てることができたらいいのに、と。嬉しい記憶はそのまま残して、である。そんなにうまくはいかないよ、ではあるけれど。

……蕗を炒める

フライパンにオリーブオイルを入れ、蕗を炒める。

レミパンというこのフライパン、料理愛好家の平野レミさんがプロデュースされた鍋で、ご本人からいただいた。とても使いやすく、ほぼ毎日、わが家のキッチンでフル活躍してくれるありがたい調理器具だ。

かなり大きめのフライパンだが、重くはないし、使い勝手がいい。

軽く炒めた蕗に、だし汁（精進だしパックでとった）と醬油と日本酒と洗双糖少々を入れて、炒めると煮るの中間あたりで、味を含ませる。

いつもならここに細切りにしたタカの爪を入れるが、今日は故あって省略。最後に胡麻油を僅かに垂らして、できあがり、である。

「胡麻油がかすかに香る、蕗の煮ものが食べたい」

そう電話をくれたのは、A子だ。七十八歳。入院生活を終えて四月半ばから家に戻っている。心臓の手術を受けたのだ。

彼女はひとり暮らしだが、さまざまな場面で、わたしたち妹の世代を励まし続けてくれる存在だ。

「子どもはいないけれど、わたしには大勢の、やんちゃで、デリケートで、向こう見ずで、でも、やさしくあったかな妹がいるのね」

例によって数人の友人たちとシフトをつくって、彼女の入院生活につきあうことができた。わたしたち「妹」の世代も、身体にはかなりガタがきているが、不思議なもので、誰かが誰かの小さな協力やサポートが必要となると、決まってみんな元気になるのだ。自分がやらなくては、自分の、せめて時間を差し出したいという思いが、エネルギーの補充に役立つのかもしれない。

病院から帰宅した彼女は、この連休が終わるまで仕事は休んでいる。

「仕事といっても、セミリタイア、好きなものだけやらせてもらっているんだけれどね」

大きなファッションメーカーから三十四歳で独立。両親から譲られた住まいの一室を改造して、コットンや麻のノンセックスのシャツを製作。その工房兼ショップの片隅で、足踏みではないけれどせっせとミシンをかけたりしていた。

着やすくて、飽きのこない、洗濯ジャブジャブOK、さらにリーズナブルな価格で長持ちするシャツをつくり続けてきた。

入院中、工房兼ショップはスタッフが見ていてくれた。彼女がつくるシャツに魅せられて、最初はお客に、やがてはスタッフになったM美も、五十代になった。

「二十一歳でこの店にお客としてきてくれていたのよ」

そうだった。頬の赤いにきびが痛そうだった。

「何度も何度も通って、オフホワイトのシャツを一枚買ってくれたの。当時は学生で、一枚のシャツを買うまで、せっせとバイトをしてくれたんだって。……彼女、三十数年たったいまも、そのシャツ、大事に着てくれているんだ」

M美は連休の後半は帰郷するので、A子がひとりになる連休後半に「妹たち」が交互に顔を出したり、ちょっとした用事を請け負ってきた。

A子から連絡があったのは、連休がはじまる前だった。

「相変わらず、バタバタやってるんでしょうが、ちょっと顔を見せに来る？」

「こんなんでよければ、喜んで」

「そんなんでいいわよ。大歓迎」

「なんか欲しいものない？」

「きれいな五月の海が見たいけれど、いましばらくは旅行はお預け」

「七月のあたま頃、海を見に行こう、まだ混んでないウィークデイに」

「了解」

「ほかに欲しいものは？」

「特にないけど、あ、蕗の煮もの、食べたい！　いつかつくってくれたじゃない？」

それで決まり。

……渡す

彼女の部屋で、わたしは彼女と向かい合っていた。

「朝ご飯から蕗なんて、なんと贅沢な」

焼きたての鯵《あじ》の干もの。卵焼き。キャベツの千切りとパクチーのフレンチドレッシングのサラダ。そして、持参の蕗が並んだ食卓だった。キャベツを千切りしたのはわたしだが、実は千切りではなく「百切り風」。きれいに細くは切れなかった。

「美味しいよ」

彼女が言ってくれた。

「嬉しいよ」

と、わたし。

「ご飯、も少し食べちゃおうかな」

「食べちゃお、食べちゃお」

彼女の旺盛な食欲が、わたしの食欲をも刺激してくれる。

今日の彼女は白いリネンのシャツブラウス姿だ。もちろん自分でデザインしたもの。それに同じ生地でつくったゆったりとしたパンツを合わせている。ウエストに細い平紐が通してあるやつだ。麦わら帽子に素足にサンダル、麦わらのバッグが似合いそうな初夏のコーディネートである。

「あっちゃ！」

リネンのシャツの胸に、彼女が蕗の煮ものを落とした。

「だいじょうぶ、だいじょうぶ。汚れ落としにかけては、わたし、プロだからね」

さっさと着替えて食卓に戻り、彼女の旺盛な食欲は続いた。なんとも嬉しい連休最後の午前中。

手術を受けた直後はちょっと不安だった。

「ねえ」。食後のお茶を飲みながら、彼女は少しあらたまった口調で言った。

「店はスタッフに譲ることにしたの。決めるまで、ちょっと迷ったけど、決めたら、そう、これでいいんだ、こうすることを、この数か月、わたしは望んでいたんだと気づいた。ほんとはもっと前にそうすべきだったのかもしれないけれど。病気が教えてくれたんだ」

スタッフは彼女の家の一室、工房兼ショップに通ってくる。彼女は奥の部屋で生活をする。時々は工房兼ショップに顔を出し、お客と話をすることもあるだろうし、気が向けば、デザインの提案もする。

「デザインしたものを置いてくれるかどうかは、スタッフが決めるのよ」

「押し売りにならない？　あなたの店だという意識がM美さんにも、あなたにもまだあるし」

ちょっと言いにくいが言ってしまった。元気に回復した彼女だから言えたのかもしれない。M美はいま頃、クシャミをしているかも。

自宅の一部であっても工房兼ショップに、A子は最初から家賃を払ってきた。

「なんとか生活はしていけるし、服をデザインしているわたしがこう言っちゃあなんだけれど……。欲しいと思う服もいまはあんまりないし。うん、やっていける！」

清々《すがすが》しい表情で、彼女は言った。

明るく眩しい日差しの午前中。リビングルームの開け放ったガラス戸の向こう、ベルフラワーが薄紫のベル状の花をたくさんつけている。

……休日の終わり

こうしてわたしのGWは終わった。この間、東京を離れる日も何日かあったが、メールや電話は静かで、いつもよりゆったりした日々だった。最後の一日の午前中は、A子と蕗の煮ものを食べたことが、終わろうとしている二〇一九年の大型連休からの贈りものだ。

改元などで、メディアは落ち着かない騒々しいGWだったが、A子のところに蕗と一緒に持っていった絵本が一冊ある。

『ショッキングピンク・ショック！』とタイトルの文字もまたショッキングピンクで印刷された絵本だ（文／キョウ・マクレア　絵／ジュリー・モースタッド　訳／八木恭子　フレーベル館　二〇一

八年)。

去年の初冬頃にこの絵本と出会って、A子に贈ろうと思いながら、時期を逸していた。イタリアの伝説的デザイナー、エルザ・スキャパレリの子ども時代から、デザインをアートにまでたかめた日々を描いた作品だ。フランスでは同時代のデザイナーとしてココ・シャネルがいる。親に愛されなかった子ども時代から、美しいものが大好きだったエルザが発見して世に広めたもののひとつに、「ショッキングピンク」というカラーそのものがある。わたしも二十代の頃、ショッキングピンクのスカーフをもっていた。一世を風靡《ふうび》した色だ。

本書に限らず、海外では優れた業績を遺した女性の評伝を絵本化した作品は少なくない。この国よりは開かれているはずの欧米でも、まだまだ「ガラスの天井」は存在する。それゆえ、「妹たち」の世代を励まし、躊躇《ためら》う背中を押してくれるような絵本は必要だという位置づけなのかもしれないし、かけがえのない存在を「歴史」に記すためかもしれない。Historyには入りにくいHerstoryとして。

アフリカ系アメリカ人の女性、公民権運動の「母」とも呼ばれるローザ・パークスの評伝や、図書館児童サービスの先駆者である女性を描いた『図書館に児童室ができた日　アン・キャロル・ムーアのものがたり』(徳間書店　二〇一三年)など、ほかにも多く出ている。こういった流れは、いつ、どのようにしてはじまったのか詳しくは知らないが、フェミニズムの活動と無縁ではないだろう。わたしたちが、子ども時代に読んだ「偉人伝」とは一線を画す絵本たちだ。「偉人」は遠くで見ていたい。が、フェミニストの掌から生まれた絵本たちは、そこに登場する女性と一緒にご飯食べたいな！　そんな感慨に駆られる。別に、蕗の煮ものに限ったことではない。

血縁に限ることなく、「妹」たちには、自分の夢の背中をそっと押してくれる姉的存在が、まだまだ必要だ。あるいは「失敗したって、なんとかなるさ。人生が終わるわけじゃないんだよ」と励ましてくれるA子のような。

——つくり、つなぐ、姉妹のネットワークである。

背負う

店じまいをしたどの店にも、どの店のどの主にも背中に背負った殻にはかなしみがつまっていたはずだ……。

……懐かしい時間

懐かしい街で懐かしい午後の数時間を過ごした。

途中何度か出入りはあったが、小学校五年の頃から、四十代半ばまで住んでいた街だ。本当は「暮らしていた街」と書きたいところだが、この街に住みはじめた小学生の頃は「暮らす」という実感も実態もなかった。漠然と昨日が今日になり、今日が明日になる時空の中でぼんやりと遊泳していた感じだ。

いまではすっかり様変わりしたこの街のこの駅を、定期券を使ってわたしは、朝夕利用していた。中学・高校への通学、その後の学生生活、就職先だったラジオ局へのほぼ十年間も、この駅を使って通っていた。

祖母を介護して見送ったのも、駅に近い家だった。

増改築を重ねた懐かしい家の最後の改築は、当時同居していた愛犬バースのためだった。生後四十日で、わたしの誕生日にわが家にやって来たので名前はバース。後ろ足の一方が生まれたときから形成不全で、散歩への行きかえりに家の二階から直接外に出られる緩やかな外階段が必要になったからだ。

当時バースはわたしが主に過ごしていた二階を居室としていた。子犬のうちは薄ベージュ色のぬいぐるみのようで抱きかかえることが容易だったし、それがまた犬と同居する楽しみのひとつでもあった。が、「いつの間に？」と驚くほど大きくなり、体重も増えて、気がつけば四十キロ強。後ろ足で立ち上がれば、わたしの鼻と彼の鼻先がほぼ同じところにあって、こちらが抱えて欲しいほどの大きさ、重さになっていた。

それで、室内の狭いそれではなく、二階から直接外に出ることができる広い階段が必要となったのだ。

……あの階段

「おやじの代からお世話になってたんですね。おやじとおふくろと、うちのばあちゃんとここんちのおばあちゃん、仲良かったんだよね。一緒に歌舞伎や松竹新喜劇の藤山寛美さんの公演にも行ってた。植木市なんかにも誘い合ってね」

階段をつくる棟梁から、わたしの知らない祖母の交友について聞かせてもらった。

階段ができあがっても、棟梁は折々に、

「どう？　バース、気に入ってくれたかなあ」

くわえると音がするボールなどをバースへの土産に遊びに来てくれた。わたしに似て人見知りが激しいバースも、その頃には棟梁と並んで木の香りもいい階段の一段に座り、首の回りをごしごしと撫でてもらったりしていた。

二階のベランダの先に少し広めの踊り場がつくられ、途中にもまたひとつ。散歩の行き帰りにはそこでやすんだり、夜には座って、わたしの帰りを待ってくれていた。

グリーンのバンダナを首に回した彼が、くいっと顔をあげて、それから体中を尻尾にして、くうくうと喉の奥から甘えた声を出し、足を踏み鳴らして出迎えてくれた。

いまはわたしが撮った数えきれないほどある下手な写真の中で、彼と再会するしかない。

……この角

懐かしいこの街に久しぶりに来たのは仕事でだったが、帰りにちょっと歩いてみたくなったのだ。

そして、子どもの頃から馴染んだ街の裏通りを歩いてみた。なぜだろう、記憶として残っているのは、表通りではなくて、裏通りに限られている。

この角の向こうには豆腐屋さんがあった。家族で切り盛りしている店で、絹より木綿豆腐がわたしは好きだった。

夕暮れ時、ラッパを吹きながら豆腐を売りにくるおじさんが来なくなってからはこの店に行くようになったのだが、すでにその店もない。スーパーにいろいろな豆腐が並ぶようになったのは、いつ頃からか。そして、懐かしいこの店もしまうことになったのだろう。豆腐屋さんの斜め前にあった、豆大福が美味しい和菓子屋さんも、……なかった。

道路に面したところにちょっとおしゃれな格子戸があり、右側に和菓子が並んだガラスのケース。左から入ると蜜豆や心太《ところてん》、磯辺巻きやお雑煮を食べることができる縦長のスペースがあった。ケースの上には、いつも季節の花が飾ってあって、「裏庭でうちの祖母が育てているんですよ。あ、もってって、お祖母ちゃんにあげてよ」。

鷺草《さぎそう》の鉢植えをいただいたこともあった。

次の角を曲がると、大きな魚屋さんがあった。「らっしゃい」という声が飛び交い、店が活気づくのは夕暮れ時。わが家にあるまな板の十倍もあるほど大きくて厚いまな板が店の中央にどんと備えつけられて、買った魚をその場でさばいてくれた。主はみんなから「大将」と呼ばれていて、冬はセーターの上に、夏はランニングシャツの上に、背中に店の名を記した青い法被《はっぴ》を羽織っていた。

子ども心にも「おみごと！」と叫びたくなるほどの手際で魚をさばいてくれたその店も、すでにない。小柄なのに声は大きな「大将」の姿も。

刺身用のまな板は別にあって、刺身をさばくのはいつも「大将」だった。誰よりも大きな声で

「らっしゃい」と言いながら、目は真剣で、まな板の前では厳かな表情になった。

たまーに家で祝い事などがあって刺身の盛り合わせ等が必要なときは、竹の葉模様の大皿の出番。白地に藍色の竹の葉が散った皿で、「いつから家にあるのか、わたしも知らない」と母は言っていた。

客人があるときに、この竹の葉模様のひと抱えもある大皿を抱えて「大将」のもとに行くのは祖母で、わたしはその付き添いだった。

大皿の刺身を注文する日、祖母はゆっくり歩いても六、七分の店に行くのに、普段着と外出着のちょうど中間にあたる服、ときには和服をなぜか着て行った。

……その道

おかしなことに、というか、ごく当たり前のことに、かもしれない。子どものころのわたしにとって、祖母は生まれたときから祖母、だった。祖母に若い女性の季節があったとは想像できなかった。理不尽なことではあるが。

孫娘であるわたしが小学生のころ、いま思えば彼女は五十代の半ばだったはずで、現代の感覚でいえば、「おばあちゃん」といった感じではない。

おしゃれで、少々自分中心的なところもあった祖母だった。幼いころに父親（わたしからするなら曽祖父）と死別。実家に帰された母親（曽祖母）は半ば強引に再婚させられ、祖母ひとりがその家、実家に残された。従兄弟たちは上の学校にすすんだが、祖母だけは「女に学問はいらない」と進学は許されなかった。女の従姉も女学校に進学をしていたのだから、十代の祖母には納得いかない選別であったに違いない。それでも通常より数年遅れて彼女が進学できたのは、再婚して町に暮らす実母が学費を工面してくれたからだと聞いたことがある。

盆暮れには残してきた娘（わたしからするなら祖母）が暮らすところに母親は戻ってきた。町で流行《はや》りのリボンや、刺繡がついたきれいな半襟などを娘への土産に。

母親と久しぶりに会えることは嬉しかった。リボンも欲しかった。が、母は数日で自分の母親を同じく母と呼ぶ別の子どもたちが待つ町の家に戻ることを、知っていた。早くに妻を亡くした、数人の子がいる男性と母親は再婚していた。

「おかあさんも、したくてしたわけじゃないんだよね、きっと。あの当時のほとんどの女のひとは、自分で自分の人生を決めることができなかったからねえ。しょうないねえ、悲しいねえ。しょうなくて悲しくて、それに背《そむ》くことはできなかったんだねえ、おおかたは」

祖母がそんな話をしたのは、いつごろのことだろう。「おかあさんが町に帰ってしまうのがいやでね、履いてきた草履を隠せば、町に帰らないかもしれない……。子どもって妙なことを考えるんだね。で、普段は暗くてこわくて、入ることのなかったお蔵とか、いろいろなところに草履を隠したもんだった。それでもなぜか見つけられてしまって、最後は池の中に捨てちゃったよ」

そんな話も聞いたことがあった。

茨城の大洗の海岸で、学生だった祖父と会い、文通。そして結婚。大事な秘密を打ち明けるように祖母は言った。

「恋愛結婚！」

小学校の教師をしていた祖父とはしかし、三十代で死別した。

祖母は我が強いひとだった。我を通すことのできなかった日々の反動のようなものが、そうさせたのかもしれない。容易に人を信用しないところもあり、十代になったわたしはそんな祖母を少し煩わしく思えたことも正直あった。

母はこの祖母の「長女」だった。期待をかけた娘が未婚で子どもを産んだことは、祖母の密かに描いた人生の後半生の夢や地図を奪われることを意味していたのかもしれない。未婚の母親から生まれたわたしには、なし崩しの甘さを見せた彼女ではあったが、母にはときに容赦のない言葉を浴びせた。わたしが嫌いな世間体などという言葉を持ち出しながら。

「お祖母ちゃん、世間とか世間体なんて関係ないじゃない。世間なんて、それがあると思いこんでるひとにしか存在しないんだよ」

十代の頃、そんな風に何度も祖母とぶつかった。祖母のことが好きでありながら、自分を苦しめてきた世間や常識の鎖を容易に解《ほど》こうとはしない彼女が、わたしにはいらだたしく、じれったかった。

「女だけの家は軽んじられる」

祖母はそう信じていた。実際、そんなことがあったのかもしれない。

「そんなひとたちとつきあわなくてもいいじゃない」

祖母と孫娘の会話はいつだって、平行線だった。

そんな祖母にとって、竹の葉模様の大皿を抱えて魚屋さんに行く日は、心躍るハレの日であったに違いない。負ってしまった傷がそのひとの人生を大きく変えてしまうことは少なくない。その傷を一瞬忘れさせてくれるのが、きれいに盛りつけられた魚や祖母が好きだった貝類だったのかも、と思う。傷の手当てに、刺身というのもなんだかせつないが。

……竹の葉模様

夕暮れ時の大きな魚屋さんはいつも賑わっていた。

魚を選ぶときは目で選べと祖母は言っていたが、いくつもの裸電球に照らされた大小さまざまな魚は、豆鯵さえも目が輝いて見えた。

どんな刺身がいいか、祖母は魚屋の大将と相談して決めて、帰りは、きれいに盛り付けをしてもらった大皿をどことなく厳かな顔つきで抱えた祖母にわたしは従った。夏なら、祖母の額の汗を拭う仕事があった。

「あら、お客さまですか?」

ご近所のかたから声をかけられて、大皿を抱えた祖母はちょっと自慢そうな表情で頷いたりした。

店の名は「魚青」さんと言ったか。わが家では特別の日しか、刺身は食卓にのらなかった。普段は三枚におろしてもらった鯵のフライ（いまでも大好物だが）とか、鯖《さば》の味噌煮が常連だった。

「やっぱり魚青さんのお刺身はいきがいいし、あの店以外の刺身は食べられないわねえ」

嘘。ほかの魚屋のお刺身だって、祖母は食べていた。

子ども時代から気兼ね多い人生を送ったであろう祖母にとって、竹の葉模様の大皿は、せめて今夜の充実を実感させてくれる道具のひとつだったかもしれない。

魚屋は、わたしが就職して数年後に消えた。結局、裏通りの一本目は、懐かしい店のすべてが消えていた。

角を曲がって、さらに裏通りに入る。

やっぱりね。子ども時代に遊び仲間と入り浸った菓子屋兼玩具屋もコインランドリーになっていた。

ガラス瓶に入った飴玉、リリアン、塗り絵や、メンコ、ベーゴマ。きれいな色のまりも並んでいた。

いつも割烹《かっぽう》着《ぎ》姿の店の主は、当時のわたしたちからすると「すっごいおばあさん」に思えたが、そんなに年はいっていなかったかもしれない。主の手首には、なぜか輪ゴムが何本かはめられていた。

裏通り沿いの店の左右にはいくつもの鉢が並び、植物の周りを、半分に割った卵の殻が囲んでいた。初夏の紫陽花《あじさい》、夏の朝顔、そして夕顔、秋には色とりどりの小菊。

「世話すればするほど、花はきれいに咲いてくれるからねえ」

ひとり暮らしだった彼女は、いつもそう言っていた。大晦日と元日だけが休みではなかったか。

この店もわたしが会社勤めをはじめて間もなく閉じてしまった。

……その角

ひとは記憶でできているのかもしれない。そんな詩があったような気がするが、確かにそうだ。嬉しい記憶も悲しい記憶も屈辱の記憶も喪失の記憶も、すべての記憶がひとりのひとを形づくっているものかもしれない。本人がそれを覚えていようといなかろうと。

終点は小さな公園にした。

わたしがこの街で暮らしていた頃、この公園はあったろうか。覚えていない。少なくとも、ここで遊んだ記憶はない。

ベンチがひとつと水のみ場がある公園だ。紫陽花が水色の花をつけている。ベンチの傍らに伸びた紫陽花の葉の上にかたつむりが一匹。ナメクジはちょっと距離をとりたくなるが、かたつむりはそうはならない。不思議だ。見た目は殻があるかどうかの違いでしかないのだが。紫陽花の葉の上にいるかたつむりを見ているうちに、思い出した。

新美南吉の『でんでんむしのかなしみ』。わたしは、かみやしんさんが絵を描かれた絵本（大日本図書　一九九九年）も持っている。

「いっぴきの　でんでんむしが　ありました。」

いました、ではなく、ありました、という表現をいまでも鮮やかに覚えている。

ある日、でんでんむしは気がついた。

『わたしの　せなかの　からの　なかには　かなしみが　いっぱい　つまって　いるでは　ないか』／この　かなしみは　どう　したら　よいでしょう。」

ほかのでんでんむしに次々に聞いても、

『あなたばかりでは　ありません。わたしの　せなかにも　かなしみは　いっぱいです』

どのでんでんむしも、同じようなことを言うのだ。そして、そのでんでんむしは知る。

『かなしみは　だれでも　もって　いるのだ。わたしばかりでは　ないのだ。』と。

夕暮れが迫る小さな公園のベンチで、懐かしい街の旅は終わった。店じまいをしたどの店にも、どの店のどの主にも背中に背負った殻にはかなしみがつまっていたはずだ……。

数時間の旅は、頬と額に蚊に食われた痕をふたつ残して……終わった。

焦がす

「いいかい、いまわたしは鍋を火にかけたんだからね、忘れないようにね。ちゃんと覚えてるんだよ」

……**鍋の底**

あーあ、またやっちまった！　悔いと反省と自己嫌悪のシャワーを全身に浴びながら、そう思う瞬間が暮らしの中には少なからずある。

今朝も、焦がした鍋を手に、「また、やっちまった！」。これ以上モノを増やさないと決めているにもかかわらず、形と重さ（というか軽さ）、柄の握り具合が気に入って買ったばかりのきれいな雪平鍋を、である。

昨夜、豆腐と九条ネギで旨い味噌汁をつくろうとした。鰯《いわし》の南蛮漬けもできた。大好物の冷や奴も、レーズンを散らしたニンジンのラペも。朝は時間的な余裕がない場合が多く、味噌汁は夜の出番となることが多い。

今夜はだしパックではなく、ていねいに味噌汁をつくろう。改めて昆布や干し椎茸《しいたけ》、ニボシ等でだしをとっている間に、携帯電話のベルが鳴った。女友だちからの電話だった。

「あ、ご無沙汰！　元気だった？」

「M子が、いよいよ郷里に帰るんだって、東京の家はたたんで」

最初は、ガスの上の鍋のことはしっかり意識していた。

ところが、参議院選挙の話題になって、ああだこうだ、と互いに熱くなって話しているうちに、ガスの上の鍋のことはすっかり忘れ……。わたしたち以上に、鍋底も熱くなっていたというわけだ。水は蒸発。昆布も椎茸もからからになって鍋底にへばりついていた。

「なんだ、この臭いは？」。気づいたときには、すでに遅し。仕方がないので、パック入りの精進だしで、改めて味噌汁をつくった。こういうのって、なぜか無性にくやしい！

先週は筑前煮をつくっている最中に同じことがあった。

もともと粗忽で注意散漫なうえに、最近は加齢からの贈りもののせいか、さらに忘れっぽくなっている。気づいたときには、「あーあ」。

このところ、半月に一度、ひどいときには週に一度は、嘆き節をうたうはめになる。

小学校の通知表にも「注意散漫」と書かれた記憶があるから、子どもの頃からそうだったのだろう。指摘されたところを修正するための努力をすることもなく、気がつけば、ああ、この年齢になってしまったのだ。

キッチンに漂う焦げた臭いと、黒くなった鍋の底に打ちのめされながら、ため息をつくわたしがいる。

……できないのではなく、しない

「それはさ、できないのではなく、できるようになろうと努力しないのだとは言えない？」

フェミニストを自認しながら、仲間うちでも異論や反論を口にしない女友だちにそう言ったことがある。もっと自己主張してよ、というお願いであり、何年も何年も心の鍋底にこびりついていた焦げのようなものを思い切って言葉にしたのだ。親しくなって十年以上もたってからのことだった。

誰かの気になるところを言葉にするのは、決して容易ではない。躊躇《ちゅうちょ》しつつ、遠慮しつつ、悩みつつ、迷いつつである。

言われるほうもいやなら、言うほうだっていやだ。それでも、長く親しくつきあいたいと思うひとには、いつかは言わなくてはならない。いま言葉にしなければ、そのうちわたしは彼女から距離をとるに違いない……。そのときのわたしはそんなふうに追い詰められていたのか、単にほかでいやなことがあって、それを彼女にぶつけてしまったのか。

彼女にそう言ったのは、わが家のリビングでだった。

「ごめん、言いすぎちゃったかもね」

謝ったのはわたしのほうだ。彼女は鼻をひくひくさせていた。わたしには泣きそうな表情に見えた。わ、泣くなよ、こんなことで。慌てるわたしに、彼女はのんびりとした口調で言った。

「なんか、焦げてない？」

「ん？」

コーヒーをいれようとガスにかけていたお気に入りのケトルの水がすでにすべて蒸発して、空焚きになっていたのだ。

改めてお湯を沸かし、コーヒーをいれて、かぼちゃのタルトなどを頬張りながら、わたしたちの話題は映画の話にうつっていた。あのとき、彼女はわたしが言ったことを聞いてくれていたのだろうか。それとも焦げくささに気をとられていて、わたしの話など聞いていなかったのだろうか。

……ながら

何かをしながら、ほかの何かをするという「ながら」作業は、わたしのような散漫なものには無理なのだと知りながら、いつも何かと何かを、場合によって三つか四つを並行しては、失敗するのだ。「時短」と言いながら、結果的には「時長」「時延」となってしまう。

大中小の雪平鍋はそれぞれ底を焦がしている。形もやさしいし、注ぎ口と持ち手がついているので便利だし、柄が木であることも、加熱したあとも熱くならないのでうれしい。でも、どの鍋も「ながら」の結果、焦がしてしまった。

たとえば原稿を書きながら火にかける。たとえば洗濯をしながら火にかける。ガラス戸を拭きながら……、「ながら」の鍋焦がしである。

「いいかい、いまわたしは鍋を火にかけたんだからね、忘れないようにね。ちゃんと覚えてるんだよ」

点火する前に自分に言い聞かせるのだが、次にはじめたことに夢中になると、つい忘れてしまうのだ。

鍋の素材にもよるが、だいたいは重曹や酢などでとることができる。が、ようやくとれた焦げを翌週にまたつくると、なにひとつ学ぶことのない人生だ、とホントに落ち込む。その日におろした真っ白なTシャツの胸に、コーヒーをこぼしたり、トマトソースのハネをあげるのと同じように。

雪平鍋は今日は出番なし。さっきからキッチンで活動しているのは、ひと抱えにもなる大きな年代ものの竹製の蒸し器だ。母はこれでお赤飯なども蒸かしていた記憶がある。

夕方には久しぶりに親類の一家が遊びに来る。

「なに、食べたい?」などと注文を訊いて、難しいものをオーダーされておろおろするよりは、「わたしの食べたいものつくるから、一緒に食べよう」でいく。好みはだいたいわかっているし、旬の野菜を中心に、できるだけシンプルにと決めている。味つけは後からでも変えられるのだから。

蒸した玉蜀黍《とうもろこし》は大皿に盛り上げ、そのまま手摑みで頬張る。これでいこう。その間に、下準備はすんでいる材料をさっと調理すればいい。

玉蜀黍といえば、子どもの頃の夏休みのおやつの定番だった。飴色に輝く縁側と、裏庭のへちま棚と、玉蜀黍。この三種の神器なくしては、記憶の中の子どもの夏は完成しない。

縁側から裏庭に下りる。下駄の鼻緒まで熱くなっている。庭の敷石の間に咲く赤や紅、黄色や薄桃色の花の向こう、裏庭の垣根には朝に咲いた朝顔の名残と、夕方には咲くであろうオシロイバナの茂みと、さらに傘をすぼめたような夕顔の大きな蕾が出番を待って控えていた、あの夏。なんだろう。こうして子ども時代のある日のある場面を、単に羅列しているだけで、くいっと胸にせりあがってくる、この感覚は。そして、記憶の中の子どもの季節は、いつだってなぜか夏！なのだ。

……今夜のテーブル

さて、親類のM一家がやってくる今夜のメニューは、玉蜀黍のほかには次のようになる。

ズッキーニ、赤と黄のパプリカ、シシトウ、高原からやってきたブロッコリー、それぞれスチームして、特製の味噌をつけて頬張る。玄米味噌と洗双糖《せんそうとう》少々、すり胡麻《ごま》、オリーブオイルなどを混ぜたものを準備すればいい。蒸し器の片隅で同時に蒸したニンニクを潰して味噌に混ぜても美味だ。オリーブオイルを頭や身体が錆びないとか言われている亜麻仁油やえごまオイルに変えても美味しい。記憶力や集中力はすでに充分に錆びついている実感はあるが。

夏野菜につけるのは、自然塩と胡椒《こしょう》だけという者もいれば、豆乳マヨネーズ派もいる。これもそれぞれ器に入れておけばいいだけで、助かる。

さて、生野菜のサラダの主役は薄切りトマト。トマトの上に、細かく切った（微塵がうまくいかない）パセリやタマネギを散らしたもの。ちぎったルッコラとコリアンダーなどをガラス器に盛ったグリーンサラダもすぐにGO。だいたいルッコラとコリアンダーは、有機の種子《たね》を蒔いて、わが家で育ってもらったものだから、準備はほぼ不要。

ニンニクとタカノツメをきかせた揚げ茄子《なす》とおくらの冷たいパスタ。わたしはほぼベジタリアンに近い食生活を送っているが、彼らは違うので、鶏もも肉の唐揚げも。酒や醬油、塩、おろし生姜《しょうが》やニンニクに数十分前から漬けこんであるから、あとは衣をつけて揚げるだけ。

そういえば、冷蔵庫の野菜室に三日前のニラがひと束、機嫌悪そうに横たわっていた。

「ごめん、きみを忘れていたね」

野菜を腐らせるのはとてもいやーな、feel guilty 気分になるので、ニラのチヂミをつくろう。ついでに半分にカットされたまま野菜室で眠っているタマネギやニンジンも薄切りにして、チヂミにいれる。小麦粉と片栗粉を水で溶き、醬油、スープのもとなどと混ぜて（わたしは野菜スープのもとが好きなのだが、今日はお客に合わせて鶏がらスープのもと）、ニラなどを加えて、少し多めのオイルでフライパンで焼くと、カリッとしたチヂミできあがり。醬油、リンゴ酢、ラー油（わずかに蜂蜜などを加えても味に幅が出て美味）などをつけてアツアツのところを頬張る。

はい、これで充分。野菜の味と色を損なわないように蒸し、熱いものは熱いままで、冷たいものは冷たくして。

飲みものは小さなひとたちにはリンゴジュースか梅と蜂蜜のジュース。大人にはビールに、ワインもあるが、わたしはお茶。

明日まで持ちそうなものは持ってかえってもらって明朝の食卓に。

汚れた器やお皿は、彼ら一家が、帰る前にたぶんきれいに洗って片づけていってくれるだろう。

ありがとう! いまからお礼を言っておこう。

……ふぇるじなんど

線描きの白い花が散った朱色の表紙の真ん中に、モノクロームで描いた牛が一頭、口に花をくわえて振り返っている。

優しい顔をした若い牛だ。

ご存じ、『はなのすきなうし』(おはなし マンロー・リーフ え ロバート・ローソン やく 光吉夏弥 岩波書店 一九五四年)である。米国でこの絵本が刊行されたのが一九三六年。岩波書店から翻訳が出たのが、一九五〇年代のこと。

今夜遊びに来るMにも、彼が小学生の頃にプレゼントした記憶がある。

スペインの牧場で暮らす〝ふぇるじなんど〟という名の子牛が主人公の絵本だ。〝ふぇるじなんど〟は同じ牧場で暮らすほかの子牛と違って、暴れたり頭でつっつきあったりすることを好まず、ひとり、静かに花の香りをかいでいるのが好きだった。

ほかの子牛と違う息子に、母さん牛は尋ねる。どうしてほかの子のように飛んだり跳ねたりして遊ばないのか、寂しくはないか、と。〝ふぇるじなんど〟は答える。

「ぼくは　こうして、ひとり、はなの　においを　かいで　いるほうが、すきなんです」

「――うしとは　いうものの、よく　ものの　わかった　おかあさんでしたので、〝ふぇるじなんど〟の　すきなように　しておいて　やりました。」

ある日、牛買いの男たちがやってきて、〝ふぇるじなんど〟はマドリードの闘牛場へ。そこでも、どんなにあおられてもけしかけられても喝采を浴びても……。闘おうとしない〝ふぇるじなんど〟。闘牛を観に来た女性たちが髪などに飾った生の花の香りを嗅いでいるだけ。結局、生まれた牧場に帰された彼は、

「……いまでも　だいすきな　こるくの　木の　したに　すわって、あいかわらず、しずかにはなの　においを　かいでいる……。」

「……〝ふぇるじなんど〟は　とても　しあわせでした。」

この本がアメリカ合衆国で刊行された一九三六年は、ちょうどスペイン内戦の最中で、闘いを拒否する〝ふぇるじなんど〟のキャラクターは、政治的な解釈をされたりした。が、作者のマンロー・リーフは〝ふぇるじなんど〟が闘わないことについて、次のように言ったという。

……よい趣味をもち、またすぐれた個性に恵まれていたからだ、と。

この本を小学生だった親類のMに贈ったのは、彼もまた〝ふぇるじなんど〟のようなところのある子どもだったからだ。誠実で優しいという美点が、必ずしも美点にはなり得ないときがある子ども社会（大人社会がそうであるため）において、彼は時々いじめの対象にされたこともあったようだ。いじめの対象がほかの子に移ったときは、なんとかそれを止めたいと踏ん張って、「かっこつけてる」と再びいじめの対象となる……。当時の彼はそうだった。

そのことをずっと以前から彼の母親や、わたしの母からも聞いていたので、この絵本『はなのすきなうし』をプレゼントしたのだった。

月日は過ぎて……。その絵本は、介護を必要となった彼の母親のベッドサイドにあった。現在の彼のつれあい、かつての恋人とは彼の母親を見送ってから、結婚した。

介護は自分がやる。その間は苦労した母親とふたりだけにしてほしい。そんな彼の思いは同時に、「妻を介護要員の補充としてカウントしたくはない」という決意とも重なっていたのだと思う。

時々見舞いながら、彼の意思を尊重し、彼を待っていてくれた彼女も素敵だ。介護休暇を使いながら、母親を数年間介護し、そして見送ることができた彼もまた、素敵だと思う。

現在、彼は五十代。遅くに結婚した彼の下の子は小学生だ。彼にこの絵本をプレゼントした頃の年代になっている。で、今回の『はなのすきなうし』は、彼の息子への贈りものにしようと思っている。

さて、今日の原稿の予定は終わった。彼の一家と、わたし自身のために、とびっきり美味しく、簡単な夕食をつくろう。

彼の一家に間もなく子犬が一匹やってくるという。保護センターから譲り受けた子犬の名前は、

「ふぇるじなんどでしょ!!!」

ピンポーン、だった。

祈る

洗い立てのきれいなシーツで彼を迎えること。それだけが、自分のいまのミッションそのものであるように彼女は断言した。

……悔いにも似た

必要があって、自分の古いエッセイ集に目を通した。三十数年前に刊行されたものだ。古いスナップ写真を見るようなくすぐったさと恥ずかしさ、多少の突き放した思いと悔いに似た不思議な感覚をもて余しながら、かつて自分が書いた文章を読んでみた。

自分の古い文章を読み直すのは、単行本が文庫になるときぐらいだ。それとても最初に書いてから数年後という短いインターバルだが、今回は違う。三十数年前、四十代はじめに書いたものだ。

読み直すときに覚えた多少の突き放した思いというのは、四十代のわたしに人生の何がわかっていただろうか、いいや、何もわかっていなかったという、苦笑交じりの否定から生まれたものだ。

むろん七十代半ばにさしかかりつつある現在も、人生なんてものは未だわからん！とこれだけは言い切ってしまってもいいような気がする。わかってしまったら、生きている意味もなくなるのではないかとも思う。

遠い昔でなく最近のものでも、書いたものを読み返すと、いつだって悔いにも似た、ある種の感覚にとらわれる。ここは別の表現をすればよかったなとか、この一節はもう少し説明が必要だったのではないかとか、こちらは言葉が過剰ではなかったかとか。そういった具体的な文章上の悔いだけではなく……。書くという行為に関するもっと根源的で、かつ抽象的な迷い（と言うべきなのか）、誰によってわたしは書くことを認可されているのだ？という問いに最後は辿りつくのだ。

そうして、さまざまな悔いにも似た感覚と対峙せざるを得なくなる。たまたま書くことが好きで、というか、人づきあいがとても苦手で（人が嫌いということではないが）、小さな子どもの頃から、わけのわからないことを書いていて、そのまま大人という年代になった……。ただそれだけで、書くという仕事をしていることへの、率直に言うなら、後ろめたさがある。

……背中を押すひと

古いエッセイ集の中で探していたのは、米国の作家ウィリアム・メルヴィン・ケリーがほかでもない作家になろうと決めたときのエピソードを記した一節だった。

彼は「卒業を間近に控えたある日」、ただひとりの肉親である祖母のジェシーに自分の将来の夢を打ち明けようと決意する。周囲のものたちは、彼が安定した仕事につくと信じていたし、彼自身も迷っていた。作家になりたいという自分の夢はきわめて現実性が乏しいものではないか、と。また、彼のようなアフリカ系アメリカ人（当時は主に「黒人」と呼ばれていた）が、世に出るにはミュージシャンになるか、スポーツ選手になるかしかないと信じられていた時代でもあった。

彼は考えた。祖母が理解してくれたなら、ほかの誰かから、「まともな仕事」につかない理由を訊《き》かれても、なんとかやっていけるのではないか、と。

だからその日も、縫いものに精を出す祖母の傍らに座って、将来の夢を言葉にしていた。祖母は何も言わず、縫いものを続けていた。

三十分も話し続けてくたくたになって、力尽きた感覚に彼がとらわれたとき、ようやく縫いものから目をあげて祖母ジェシーはにっこりして言ったという。

「わたしだって好きでなきゃ、とてもこうして七十年間も服を縫ってこられなかったよ」

彼の短編集の冒頭に記されたこのエピソードがとても好きだ。

誰にでも、若者には特に、こうしてそっと背中を押してくれる大人が「ひとり」は必要だろう。現実の厳しさは、「ひとり」以外のいろいろな大人が口にし、親切な、しかし少々押しつけがましいアドバイスをするはずだ。けれど、「背中を押す」となると……。現実の厳しさを充分すぎるほど知っているがために、大人は飛びたとうとする翼に重石をつけがちだ。

たとえ、結果が不可能であったとしても、一度は若者の背中を押す大人のひとりでありたい、と思う。ケリーの祖母ジェシーは、七十年間も続けた自分の仕事、縫いものに、時々はため息をつきながら、しかしひそやかな誇りを抱いていたに違いない。

……ひとつの家族

同じエッセイ集の中で、わたしは遠縁のY江の家族を紹介している。ほぼ同世代の夫婦とひとり娘の三人家族だ。

この家族に最近大きな変化があった。せつない変化である。

エッセイに登場してもらった頃、ひとり娘は中学生で、夫婦はそれぞれ教師と保育士をしていた。朗らかで開放的で、世話焼きで陽気な家族だった。笑いの絶えない一家だった。

このひとり娘とさして変わらぬ十代の頃、夫婦は出会っている。中学卒業までは同級生。高校は別だったが、高校生になってから街角で再会して、時々は区立の図書館やショッピング街（当時は駅前商店街）の書店などで会ったりしていた。

「最初は偶然ですねってかんじでね。そ、お互い偶然を装って。半年もすると、時間と場所を決めて」

そんなふたりだった。

Y江の誕生日、小遣いが足りなくてプレゼントは何もできないけれど、と少年の彼は、彼女を家に送る途中ずっとハーモニカで、彼女の好きな曲を吹き続けてくれたという。真紅の薔薇《ばら》一輪と。

その薔薇が、

「懇意にしている花屋のおじさんから、ただでもらったものだと知ったのは、孫が生まれてからよ！　わたし、ずっと彼が薔薇を一輪買ったのだと信じていた」

ま、いっか、とY江は大笑いしていたが。そのエッセイのコピーをファックスで送って、とY江から電話があったのは夏のはじまりだった。自分の誕生日にずっとハーモニカを吹いてくれたかつての少年、Y江の夫が重篤な状態にいるということだった。神奈川で暮らし、自宅からさほど遠くはない病院に入院した彼をわたしが見舞ったのは、春の終わりだった。

彼自身、自分が現在どんな状態であるかは知っている。

「ああいうひとだから、充分すぎるほど充分にね」

と電話でY江は言った。

「ああいうひとだから」という彼女の言葉に、わたしは頷いた。彼がどんなひとなのか、わたしは当然、Y江ほどは知らない。しかし、「ああいうひとだから」という彼女の言葉に、わたしは頷いていたのだ。とても穏やかで、けれど頑固である彼。

すでに良かれと思う施術や治療はしたこと。この先、望ましい結果が期待できるような治療はほとんどないという状況の中にいること。ひとり娘も結婚をし、孫も生まれ、上の孫は来春大学受験であること。年の離れた下の孫は小学生であること等々。Y江は憑かれたように繰り返した。

「これから、ふたりだけの日々がまたはじまると思っていたのに……。ずいぶんくたびれたふたりだけど、大好きだよ、って日々がはじまるのだと、まだまだ続くのだと思っていたのに」

受話器の向こうのY江が最も言いたかったのは、このことだろう。

……巻き込まれる

現在、彼は短期入院中だが、家に戻りたいと主張しているという。Y江自身、ふたりが結婚してすぐに暮らしはじめ、現在までのたくさんの記憶のひとつひとつが刻まれた家に彼が帰ることを望んでいた。そうしたいと思っていた。が、咄嗟《とっさ》の急変に一体自分は何ができるだろう……。急変に対応できたら救えるはずだった彼の生を、在宅であるために対応できなかったとしたら……。その恐怖と不安が、彼女の迷いのもとだった。

「そんなことばかり考えてるの」

それならホスピスがいいのだろうか。それとも在宅医療の医師に往診を依頼したほうがいいのだろうか……。

ようやくひとつの結論に辿りつけて頷いたと思った途端、いやいやと否定する声を心のどこかに聞く。次の結論でも、その次の結論でも同じことの繰り返しだった。娘夫婦にも相談したいが、仕事に育児に家事に忙しい娘を巻き込みたくない、と彼女は言った。

そう？　電話を聞きながら、わたしは思った。ここは頷くことができなかった。Mちゃん（ひとり娘の名前）は、おそらく、たぶん、きっと……。あなたたちの結論に「巻き込まれたい」と思うのではない？　迷いも不安も躊躇も含めて。ほかでもない、愛する父親のことなのだから……。

うまく言葉を集めることができないまま、ぽつりぽつりとわたしは「わたしならば」という思いを伝えるしかなかった。わたしなら、巻き込まれたい、と。「わたし」をはずさないでと思う、と。

「そうかもしれない。……とにかく、彼には限られた時間しかないのよ」

ずっと堪《こら》えていたのだろう。Y江は電話口で号泣した。

彼女は、母親を自宅で見送ったわたしならどう思うか、訊きたいという気持ちもあるのだろう。同時に、自分と彼を知っている誰かに、自分の思いを語ることで、心の整理と明日への新たな準備にとりかかりたいに違いない。

……頷く

一度切られた電話がまたかかってきた。

また迷い出したという。

迷っていいいよ、とわたしは思う。

「彼は帰りたいと言うのよね？」

「そ」

「あなたもそうしたいと思う」

「え」

「で、不安は、何かあったとき病院であれば、すぐに対応ができるかもしれないけれど、自宅だとそうもいかないだろう、という不安なのよね、さっき言っていたように」

「病院でもホスピスでも、同じかもしれない。彼の、いわゆる治療はもう終わったと思う。なのに、わたしはなにを迷っているのだろう」

それからY江は突然、わかった、と言った。

「気持ちはとうに決まっていたんだと思う。ただ、誰かに話してみたかっただけ。わたしたち、彼とわたしが一緒に歩んできた人生を、近すぎず、けれど遠すぎないところで、ちゃんと見てきてくれた誰かに」

ちゃんとかどうかはわからないが、わたしがふたりにとって近すぎず、遠すぎないところにいたのは確かだった。

「……で、あなたは彼を迎えに行く」

「ええ。海や山や、いろんなところに一緒に行ったあの車で、彼を迎えに行く。話しているうちに、それしかない、それがベストかどうかはわからないけれど、ベターだと思えてきた」

彼のその日の体調にあわせて、移動にはいろいろな方法があること、退院後の生活についても主治医と詳しく話し合ったほうがいいことなどを、わたしは再度伝えた。

「そうね、無理だったら、寝台車でもなんでも頼む。そうだ、彼はわたしたちの家に帰ってくるんだ！　ほかに帰るとこなんてないよね。ここが彼のうちなんだもの」

自分の決定と改めて向かい合うように、Y江は叫ぶ。こうして、わたしと電話で話をしている間も、彼女は空いたほうの掌に携帯電話を握り締めているという。携帯は、彼や病院からの連絡を受けるための受話器として使っているという。

「ごめん。彼を迎える準備しなくちゃ。掃除もしなくちゃ。彼が再入院してから、そのままにしていた寝室の掃除もしなくちゃ。ベッドのシーツもきれいにしなくちゃ。きれいなシーツで彼を迎えなくちゃ。ごめん、また電話する」

洗い立てのきれいなシーツで彼を迎えること。それだけが、自分のいまのミッションそのものであるように彼女は断言した。

二度目の電話も最初にかかってきたときと同じように、唐突に切られた。

……祈る

そして翌週の月曜日、彼が帰宅したことを知らせるメールが入った。

「とてもとてもいい顔をして彼はいま眠っています。少し疲れたようですが、ほんとにいい顔をしていきます。わたしはいま、このひとをずっとずっと大好きだったのだ、そしていまも大好きなのだと、このメールを書きながら、思っています」

Y江からのメールを読んで、わたしは少しだけ泣いた。

彼女も彼も、現時点で考えうる限りの選択をしたのだ。

彼女からのメールはいまも続く。少しずつ少しずつ、けれど確実に彼の体力は低下しているようだ。

「淡々とフツーに暮らしています」というフレーズからはじまった七月のメールは次のように続く。

日に一度の医師の訪問。痛みをとる薬は入院していた頃ほど必要としなくなったという。

「よくはわからないけれど、たぶん気持ちが落ち着いたからだと思います」

彼女は記す。

好きな音楽を流す。リビングルームにも寝室にも。風呂場ですべるのがこわいので、原則的に風呂は入浴サービスを利用する。それでも時々は彼女が介助して、入浴する。

食欲は落ちているが、病院にいたときよりは好みを言うようになった。

「昨夜は庭の茗荷《みょうが》と大葉で素麺《そうめん》をすすりたいと彼が言ったので、そうしました。カロリーが低すぎるのではないかと不安だったので、ささみとトマトと茄子のポン酢和《あ》えを添えて。ほんの僅かだけれど、彼、おいしそうに食べてくれた。ご近所のひとが持ってきてくれた、小玉スイカもほんの少し」

それから彼女は言った。

「わたしたちはいま、うれしいとか、切ないとか、懐かしいとか、きれいとか、人が持ちうる『感情の原形』のようなもの……、十代ふたりが抱いたのと同じような……を分かち合い、重ね合い、とても丁寧に暮らしています」

今週末にはひとり娘夫婦と孫たちが遊びに来るという。

午前二時。彼女のメールを読み終えて、わたしは一冊の絵本をひらく。ユリー・シュルヴィッツの『よあけ』（瀬田貞二訳　福音館書店　一九七七年）。夜が一歩退き、水面や樹々や草が少しずつそれぞれの色と輪郭をとり戻す時間。小さなボートで湖にこぎだす祖父と孫息子を描いた作品だ。

彼女と彼が、静謐で豊かな今日の夜明けを迎えられるように、と祈りながら。

忘れる

母の内側からぽろぽろと零れ落ちていく記憶を掬いあげることも、内側に戻すこともできないままおろおろしていた六回目の夏。そして七回目の夏にわたしは母を見送った。

……天空の青

記憶というのは実に曖昧なものだ。わが家の小さな庭のフェンスに次々に花をつける朝顔を眺めながら考えた。

子どもの頃、朝顔の花と夏休みはワンセットだった。けれど、今年もわが家の朝顔は九月に入ってからがいよいよ本番といった感じで、透明感のある青色の中輪の花を、毎朝それも数えきれないほどつけだしている。

今朝は二十六個まで数えて、諦めた。朝顔の種類はすでに本書に何度も登場しているが、ヘブンリーブルー、天空の青、と訳したらいいのだろうか。こころの、どこか深くて遠いところを、まじりっけのない涼やかな風がすっと吹きぬけていくような……。青い花である。このままの色が出るなら、リネンかローンの生地でゆるやかなワンピースなどに仕立てたくなる色でもある。

そういえば、ワンピースって着なくなったな、と思う。

だいたいが、シャツとパンツ。冬になればそのうえにセーター、そしてコートといった服装で、代わり映えがしないといえばまさにそうだが、自分が着心地と居心地のいい服がいちばんだと思っている。

……一色の春から夏へ

毎年、ヘブンリーブルーのこの色に出会いたくて、前の年の秋に採取した種子に新しい種子を加えて蒔《ま》いている。今年は冷夏と予報されながら、やってきてみればやはり猛暑。酷暑の夏がようやく終わった。

春からの元号、改元祭りからはじまって、この夏も「一色報道祭り」だった。特にテレビのワイドショーは、特落ち（特ダネを落とすこと）を恐れるかのように、朝からずっとどのチャンネルでも同じテーマの一色が続いた。

「闇営業」、いや、「直営業」というのだとか、いろいろな言葉が飛び交った「吉本」問題も一色風だった。

生命にかかわることであり、決して許容できない犯罪だが、例の「あおり運転」も、朝から晩まで。その容疑者とパートナーの知人やかつての同級生まで登場させる必要がどこまであるのかと首をかしげたくなるような一色風。それだけの時間的余裕があるのなら、センセーショナルな切り口に終始せず、あおり運転のおそろしさ、それ自体「犯罪です」という確かなキャンペーンを繰り返し継続すればいいのに、と思う。

そして八月から九月へ。外務大臣の「極めて無礼でございます」(なんだか妙な言葉だ)発言あたりから、より過激さを増していった韓国へのバッシング報道。

「みんなで言えば、こわくない」といった感じの憎悪むき出し一色報道。市民のたまりにたまった不満や不平を、ある方向に向けて集約し、吐き出させるやりかたはフェアではない。

「いまが、叩き得」といった流れが一度できてしまうと、ひとは往々にしてその流れに逆らったり、立ち止まったり、考えたりするより、のってしまう。そのほうが、自分も多数派だという安心感があり、ラクでもあるからだろう。

2019年8月頃から表面化した曺国法相(当時)にまつわる一連の疑惑。

どの国であっても、社会の決定権を有した権力者が、自分の子どもや親族のために、その力を拡大利用するケースは明らかに間違っている。だからこそ、韓国の市民も抗議しているのだろう。デモも異議申し立ても、市民の権利だ。報道することも必要だ。しかし、嫌韓意識丸出しの進めかたや、コメントばかり並べていいのだろうか。

「どの国」でも起こりうることは、「この国」でもすでに起きてはいないか。いくつもの夏を重ねても、結局は未解決のままの「モリ・カケ問題」はどうしたんだよ!

「同じようなことが、この国にもあったよね、あれはどうしたのでしょうね」ぐらい、言えよな、と思う。ましてや「モリトモ」では、近畿財務局の職員が自らの命を絶っているのだ。

……と、「一色」報道は２０２０東京オリンピックを前にして、さらに濃度を増していくに違いない。（のちに五輪は二〇二一年になったようだが）

金メダル★★個！が連日報道されるのだ。アスリートに恨みはないが、それらはたとえば権力の不正や、小権力者の大権力への忖度《そんたく》や媚びニケーション、隠蔽やら改竄《かいざん》やら何やらを包み込み、重大な何かを覆い隠し、「忘れさせていく」ことに役立つ。権力者はむろん意図して「忘れさせていくシステム」を巧みに使い、多くの「善良なる市民」は、無意識のうちに、この忘れさせていくシステムにのってしまう。

東日本大震災も福島第一原発の過酷事故も、その後に続くまったくの未収束状態も、普天間飛行場返還の代わりに埋め立てられる辺野古の海も、またもや発生した九十五歳まで生きるのに夫婦二人で二〇〇〇万円不足という「年金問題」も、消費税二パーセントアップによるもろもろの隅々までへの影響も……。

大きな口を開けてわたしたちを吞み込もうとする「忘れさせていくシステム」をスムーズに機能させるために、これらの「一色報道」は使われやすい。

青臭い、と言われそうだが、政治とは、戦争をするために「やる」ものではなく、戦争を避けるために「やる」ものではなかったか？　時間をかけた「地味な努力の継続」を意味するのが、外交ではなかったか？

いつから政治そのものが、員数拡大のショーになってしまったのか。選挙が劇場型になったと言われて久しいが、政治そのものが、理想や努力や話し合い、互いの言葉と言葉にしにくい思いへの耳の傾け合いから、遥か遥か遠い存在になってしまった。

……自己責任

わたしは反対だが、オリンピックが終わったら、現在よりさらに厳しい「自己責任の時代」が到来するに違いない。そうして、締め付けがきつくなればなるほど、「自己責任」の声は多く、大きくなる。病気になるのも、怪我をするのも、アクシデントに巻き込まれるのも、年をとるのさえ、すべて「自己責任だよ」という時代であり、社会である。ちっとも自己責任を果たさない政権下で、市民だけがそれを問われ、強要されるのだ。「責任はあります」、けれど「責任はとりません」という驚くべき政権下で。

この夏もメディアは盛んに熱中症への注意を繰り返した。それはそれで大事な報道、警告だが、「これだけ言ってるんだから、なにが起きても、あとは自己責任だよっ!」と言われる時代の露払いのように響いて、ちょっと待てよ。もちろん自分で気をつけなければならないのだが、公のミッションから個人へと責任の所在が移行するプロセスを、天気予報などを通して示されているような印象を反射的に抱いたのは、暑さでわたしの性格が捻じ曲がってしまったせいなのか。

大事なことであり、繰り返し伝えなければならないことではあるだろうが、豪雨や土石流への注意の喚起についても、ときに、同じような感覚にとらわれる瞬間がある。

「クーラーをつけてください」とテレビの中のひとはいう。そういうインフォメーションの文言がすでにできあがっているのかもしれない。が、クーラーのない家ではどうする？　以前、東京近郊で、クーラーはあったが、電気代が不安で使えず、住人が熱中症になって病院に搬送されたというケースがあった。

生活保護を申請するために何度も役所に足を運んだが、そのたびに屈辱的な思いをし、受給を諦めた高齢者が熱中症で亡くなったこともある。

「そういう生活になったのは、自分の責任だろう」と思うひとがいるかもしれない。百歩譲って、「そういう生活」をするようになった責任の何割かは自分にあったとしても、だからといって、それゆえにその個人を糾弾し、助けを求めて差し伸ばされた手を、邪険に払いのけていいものだろうか。

わたしの愛読書の一冊、ドイツの社会学者、ジークムント・バウマンの『リキッド・モダニティ　液状化する社会』（森田典正訳　大月書店）は二〇〇一年に翻訳刊行された本だが、いまでも時々読み返す。この本についてはどこかに書いた覚えがあるのだけれど、特に次のような一節に再会すると、いつでも立ち止まり、社会を見回したくなるのだ。

「社会は危険と矛盾を生産しつづける一方、それらへの対処は個人に押しつける」

そして、そういう社会におけるアクセル、「あおり」役にもなるのが、自己責任という言葉と概念ではないか。最初にこの翻訳書を読んだときから、社会はまったく改善されていないどころか、より生きづらくなっている。

この社会で個人の努力を怠ったものに、税金で救いの手を差し伸べる必要はないじゃないか。そう主張する自己責任論者は、ある意味、幸せなひとかもしれない。そのひとは、どんなに努力をしても報われないことがあるという体験をしたことがないのだろうから。

とても荒々しく攻撃的な社会と時代になってきた。わたしの予想は外れてほしいと願う。もしあったら、2020東京オリンピック以降、この荒々しさ、この攻撃性はより牙をむいて、わたしたち市民の暮らしに襲いかかるのではないか。

それらの原因のひとつは言うまでもなく格差であるのだが、その格差を招いているのは誰なのか？ どんな政治なのか？ おおもとからは目を逸らしてしまうのが、この国に限ることではなく、多くの国々の現実なのかもしれない。自分たちの暮らしを苦しくしているおおもとを、社会のトップに据えたがる不思議な現象は、あっちでもこっちでも、の世の中だ。

違いを攻撃の対象と考える、不寛容なこの社会もまた。

長生きするのがつらい時代だ。これで認知症になれば、それもまた自己責任と言われるのだろうか。

……ふたりの物語

一九二〇年代から一九七一年にかけての、一組の夫婦の日常を描いたアニメーション『エセル

とアーネスト　ふたりの物語』が九月末から岩波ホールで上映される。『スノーマン』や『風が吹くとき』などの絵本で人気のイギリスの絵本作家、レイモンド・ブリッグズの原作（きたがわしずえ訳　バベルプレス　二〇一九年）を映画化した作品だ。プログラムに掲載する原稿を依頼されて、少し早く、本編を自宅で観る機会があった。

作品に登場するふたり、エセルとアーネストは、作者であるレイモンド・ブリッグズの両親である。牛乳配達を生業《なりわい》とする青年と、お屋敷のメイドとして働いていた女性が恋をして、結婚。希望もあるが、慎ましやかなふたりの暮らし。そして、戦争。子どもの成長。新旧世代の対立。六〇年代の若者の変化。そして、一九七一年、認知症になった妻が先に、そのあとを追うように夫も同じ年に亡くなる。一見、どこにでもいるような夫婦の日々。けれどひとつとして同じものはない、夫婦の物語を息子が描いた作品だ。

「偉大なる『普通』の物語」である。

入院した妻を見舞った夫を、「あのひと、だあれ?」と小声で訊く妻。動揺を隠しながら、お父さんだよ、と穏やかに答える息子……。多くのひとが、いつか、どこかで体験する痛み。これからのひとも、すでに体験済みのひともいるに違いないが。

こうして書いているわたしも、認知症と呼ばれる症状を発症するかもしれない。どんなに気をつけても、発症するときは発症する。食べるものに注意し、活性酸素を生み出さない程度に適度な運動をし、趣味を持ち、と日々努力をしても、ひとつの、あるいはいくつもの病にとらわれることはある。

母が認知症を発症したのは、認知症という呼称がまだない頃だった。専門書からはじまって、一般書までさまざまな本を読み漁ったが、認知症と呼ばれる症状を丸ごととらえ、理解することは難しかった。日々の変化におどおどし、恐れおののいた。

その母を見送っていま、十一回目の夏が終わろうとしている。

母の内側からぽろぽろと零れ落ちていく記憶を掬《すく》いあげることも、内側に戻すこともできないままおろおろしていた六回の夏。そして七回目の夏にわたしは母を見送った。その夏も……。冒頭に登場したヘブンリーブルーが咲いていた。

わたし自身、母と同じような認知症になる可能性は少なくない、というおそれにひそやかにとらわれるときがある。日によってだが、もの忘れがひどい。

三歳年上の女友だちもずっとそれを恐れてきた。彼女の母親がそうであったからだ。女友だちはそのうえ、ひとり娘を早くに失くし、夫も続いて逝き、ひとり娘が遺した男の子の孫の世話を日常の中心において来たひとでもある。

「だいじょぶ、だいじょぶ、まだまだ働ける。まだ、やれる。M子のためにも、わたし、も少しがんばる」

M子と言うのは、亡くなった娘さんの名前だ。娘さんと自分のつれあいを相次いで失ったとき、「あまりのことで、号泣なんてできなかった。なんでわたしなの？　なんでわたしに、こんなことばかり起きるのよ！　わたしがなにかした？　誰かを傷つけた？って、夜中壁に枕を打ち付けて……」

泣けるようになったのは数年たってから。母を失くした孫の、母親にはなれないが、傍らでどぎまぎするひとでいよう、何かあったときは、「参ったよ」と愚痴をこぼせるひとであろうと決めたときだったという。

その孫も二十五歳になった。

「これでわたしは、大きな仕事から無事卒業できたわ。長い日々だったようにも、あっという間だったようにも思うわ。あとは、わたしが元気なまま最期を迎えたいってことだけ。元気なまま最期を迎えるって、変な言葉ね」

彼女はそう言って、笑った。気持ちはよくわかる。わたしもそう願っている。昨日までぴんぴんしていて、コロッ。それだけ社会保障が手薄な社会に生まれたものの願望の一つとも言える。

「変よ、わたし」

彼女から毎晩のように深夜の電話が入るようになったのは、この夏は冷夏であろうというニュースが相次いだ、六月だった。

「そのうち、わたし、おかあさんと同じようになると思う」

「おかあさん」と言うとき、彼女の口調は遠い昔、子ども時代に戻ったような、不思議な可愛さがあった。

何度目かの電話を受けたあと、仕事で上京した彼女の孫と会った。

「自分でも気にしているようです。もの忘れ外来にも行きたいと言ってますから、有休つかって、ぼくも一緒に行ってきます」

彼は言っていた。診断の結果は、いまのところ認知症と断定するまではいっていないが、身近なものが注意深く、けれどそれが彼女の重荷やストレスにならないように注意をすること。そう言われましたと、彼からの電話で報告があった。

それはちょうど、翻訳を担当した『とんでいった ふうせんは』（ジェシー・オリベロス文 ダナ・ウルエコッテ絵 絵本塾出版 二〇一九年）の見本が届いた日だった。風船が糸をつけたまま空を飛んでいく。お祖父ちゃんが記憶という風船の糸を次々に手離していくからだ。

主人公は、祖父の変化に戸惑う孫息子だが、文を書いたのは、看護師から絵本作家になったひとだ。

記憶力の喪失をジョークにして笑えた頃が、懐かしくもある。

受け入れる

知り合って、一からはじめる人間関係をいま受け入れる準備、余白のようなものが、わたしには残されているだろうか。

……スマホに変えた！

わたしにとっては大事件である。

とうとう、である。携帯電話をスマホ、スマートフォンに変えたというか、変えざるを得なくなったのだ。

実に実に長い間、いつ頃からかガラケー、ガラパゴスケータイと多少の嘲笑を込めて呼ばれるようになったアレに愛着を覚え、スマホには変えない、となぜか頑《かたく》なに決めていた。

頑なであった理由はただひとつ。日常の中で頻繁に使う機械の類――掌《てのひら》にほぼ収まるものでも、身の丈以上もある家電でも――に振り回されるのはご免だ、と考えていたからだ。ニューカマーの操作を新しく覚えるのも億劫《おっくう》だった。

たかだか機械だろう？　これ以上、わたしの時空を邪魔するな、侵略するな、それは越権行為というものだ、と抗《あらが》っていたのだ。

新しい機種になれば、慣れるのに時間がかかる。機械に慣れるためにあとどれくらいあるかわからないわたしの残り時間を使うのは、もったいないし、業腹だ。果たして、慣れることができるかどうか、自信はまったくない。それで、日常使いの機械類は新しい機種には変えない、と決めてきた。

どうしても変えなければならないときは、その時点で使っているのと同じ機種にした。そう、こと機械の類に関しては、わたしはどうやら守旧派であるようだ。

さらに、取扱説明書の類をちゃんと読まない。そうではない、読めないのだ。

なにかのコマーシャルではないが、まずは文字が小さすぎる。その上、わかりにくいというか、こなれていないというか、とにかく頭が痛くなるような日本語で並んでいる。たぶんこれは、機械の類の説明書はハナからわかりにくいと決めつけている、わたしの側に問題があるのかもしれないが。

だから、白紙のまま使いはじめてしまう。いままではそれでもうまくいってきたが、これからは正直、わからない。

というわけで、どうしても買い換えるときは使ってきたのと同じ機種にする、と決めているのだった。

今回のスマホに関してもそうだった。説明書にざっと目を通したが、よくわからないところがあった。担当のひとの親切で丁寧な説明を聞くのも、すぐに飽きてしまった。

遅い午後から、機種選びの、もろもろの煩雑な手続きを終えて外に出たら、とっぷりと日は暮れていた。それだけで、くたくた。

自宅に戻って説明書を前にしたが、読む気にはなれないほどの疲労困憊《こんぱい》。使えなくなったガラケーがやけに恋しかった。

この数年間、どこに行くにも一緒だった、いとしのガラケーちゃん！である。

……記憶と記録

何代にもわたって使ってきたわたしのガラケー。それにしてもキミは、なんと不憫《ふびん》な呼びかたをされていることか！

初代の携帯電話を手に入れた頃、ガラケーなどという呼称は当然なかった。二つ折りのそれをみんなが使っていた。

それから何代、(何台でもあるが) 携帯電話を変えてきたことだろう。新しい機種に変えたそれぞれのとき、慣れるのに多少は時間を要したが、機種がほぼ同じということでさほど苦労はなかった。

「なにがあっても、わたしは持たないから。いつもなにかとつながっているようで、気分悪い。持ってしまったモノに、支配されるなんてやだ！」

そう抵抗していた携帯電話を持ったのは、母の介護がはじまった頃だった。仕事の関係で東京を離れることが多いわたしにとって、携帯電話は母とわたしをつなぐものとなった。もう、小銭入れにいっぱいの小銭を持ち歩き（案外、重たい）、赤電話を探す必要はなくなった。新幹線でも、トンネルなどを避ければ、すぐに母につながる。山間《やまあい》を走る電車でも同様。当たり前だが二十四時間、母とはつながっている……。その実感が、母の傍らを離れるわたしの後ろめたさを少しだけだが薄めてくれた。

持つのに抵抗していた頃のことなどすっかり忘れて愛用した。携帯を自宅のどこかに（だいたいが玄関や仕事の机の上だったが）忘れて東京をあとにしたときは慌てたし、落ち着かなかった。街から公衆電話が少しずつ減りつつある頃だった。

こんなとき、ひとの、というかわたしの想像は悪いほうへと雪崩《なだれ》のように落ちていく。わたしが携帯を忘れた日に、母や母のそばにいるひとから緊急の電話が入ったらどうしよう……。どこかで空しく鳴り響く呼び出し音を想像して、不安になった。

初代から二代目の携帯電話に変わった頃だった。旅先から電話をすると、当時はまだ母自身が電話に出た。穏やかに、かすかに笑いを含んだアルトで、彼女は変わりはないこと、水も充分に飲んでいること、お昼や夕食のメニューや、観ているテレビ番組の話などをした。その後体調を崩して、短期の入院をしているときでも、彼女の傍らには、そしてわたしの掌の中にも、それぞれ携帯があった。

やがてわたしの携帯からかけた電話に出る声が、母から母以外の誰かに変わった。ヘルパーさんに、在宅看護の看護師さんに、親類の誰かに、というように。時には在宅医療のドクターの声が受話器の向こうから返ってくるときもあった。

受話器に出る声が変わった当初は、電話を最初にとったひとが、わたしの声が聞こえる受話器を母の耳元に近づけてくれた。自分では電話をとることができなくとも、こうしてわたしたちはちょっとした会話を交わしたものだ。

「おかあさん、ご飯食べた？」

「はーい」

「美味しかった？」

「はーい」

「のど自慢、観ている？」

「はーい」

「お天気よかったら、少しだけ歩いてみようね」

「はーい」

「夜には帰るからね、待ってて」

「はーい」

「十九時頃には帰るからね」

時間に対する感覚を母がどれだけキープできているかはわからなかったが。

「夕ご飯は一緒に食べようね」

「はーい」

一緒と言ってもまずは母に食べてもらって、それからわたしが食事をするのだが、そばにいるときは「一緒」という感覚があった。

「はーい」

母の返事はいつも同じだった。

ひとつだけ違っていたのは、次のやりとりだった。

「大丈夫?」

そうわたしが訊くと、彼女はそこだけ「はーい」ではなく、必ずわたしの口調とまったく同じトーンで、答えたものだった。

「大丈夫」

「はーい」と「大丈夫」というやりとりからやがて、「大丈夫」が消えて、そしてやがては、その「はーい」という返事さえ、わたしの受話器は拾うことがなくなった。

ただ母の息遣いだけが、聞こえた。受話器をしっかりと耳に当て(耳の辺りがいつも熱く湿っていたような)、その息遣いをとりこぼすことのないように、耳を澄ませるしかなかった。

たまにではあったが、「ふふふ」という母のひそやかな笑い声が聞こえると、わたしの口調まで弾んだ。

「ね、ね、なにに笑ってるの？」

母が笑っている、という事実がただただうれしくて、わたしも笑い声になりながら母の傍らにいてくれるひとに訊いた。

そうだった。あの日は、叔母一家が見舞いに来ていて、電話に出たのは母の末妹だった。

「ベランダの花を見て、お姉さん、とてもうれしそうに笑っているのよ」

その母がいなくなって、また新しい秋が来ている。

……消せない番号

ひとつ前のガラケーからスマホに変わるとき、すでに登録したデータの中で最も大事な、電話帳データは移動してもらった。電話以外のデータを使うことはほとんどない。

電話帳データを開くと、この二十数年間、つきあいが続くひとたちの電話番号、携帯と自宅、あるいはどちらか一方が、すぐに（と言いたいところだが、スマホの操作にはまだ慣れずに、時間を要するが）ではなく、少したってから出てくる。

ガラケーは、すぐに出たのにスマホは時間がかかる。留守電を聞く場合も、電話をかける場合も同じだ。手間取って仕方がない。

いちいち、ここにタッチして、ここをこう開いて、と頭の中で考えないと、先に進めない。時々は予行演習などしている。その間、わたしの指先は宙に浮いたまま、頭からの指令をただひたすら待っているという具合だ。だから、変えたくなかったんだよ、と言ってもいまさら仕方がない。

登録済みの電話番号。「あ」行の最初に登録されているのは、在宅での介護で本当にお世話になった看護師さんのひとりの携帯番号だ。優しくて、凛々《りり》しくて、はじめての介護におろおろする、はるか年上のわたしを丁寧に支えてくれた。母がお世話になった頃、彼女はシングルだったが、いまはふたりのお子さんがいる。

ドクターの電話番号もそのまま登録されている。

母の介護によくつきあってくれた叔母、母の末妹も、もういない。

母が電話に出られなくなっても、叔母は、

「お姉さんに代わって」

よく言ったものだ。そして、わたしと同じように息遣いを聞いたものだ。家人が寝静まった家で、密かに電話をしているであろう叔母の姿が目に浮かんだ。椅子の上にお行儀悪く胡坐《あぐら》をかく癖があった叔母は、その夜もその姿勢で母と息遣いだけで「話していた」に違いない。

データに登録されている番号の持ち主で、ほかにもすでに逝ったひとがいる。

「ねえ、そんなにもすべての計算抜きで、ピュアに愛せる誰かが自分の人生にいたということ。それはとても幸せなことでもあるのよ。喪失の痛みはすぐには消えない。それも事実。でも、そんなにも愛して愛されたひとがいた、その事実をしっかり握り締めていてね」

深夜の電話で、そう言ってくれた年上の女友だち。後に彼女からは入院先のベッドから、深夜に電話をもらうことが増えたが、彼女ももういない。

「庭の花をいっぱい送ったから。お母様の写真の前にでも飾ってあげて。お母さま、香りも大好きって言っていたね」

いい香りの日本水仙を箱いっぱいに入れて送ってくれた女友だちもいなくなって三年になる。亡くなる直前まで、拙著のゲラを手放さず、結果的には最後の入院となってしまったベッドの上で、朦朧とした意識下でも鉛筆を手にゲラチェックをしているような仕草をし続けた彼女も……。優れた編集者であり、感受性豊かなひとだった。

「もう一度元気になれたら、あなたと医療システムについて本を出したい。そ、わたし、もう一度元気になるから、待ってて。もう一度必ず」

そう言った、教師だった彼女もまた逝ってしまった。

「うちの竹林でとれた朝掘りの筍《たけのこ》、送ります。お母さま、お好きだったのよね、つくってお供えして」

毎年、筍を送ってくれていたあのひとも。

そんなかけがえのない友人たちが十数年の間にそれぞれ逝った……。登録した電話番号は消せないでいる。

眠れない夜。気持ちが不安定に揺れる深夜など、指先が思わず登録した番号をタッチしそうになるときがある。もう一度、彼女たち、それぞれの声が聞けそうな気がして。

……**電話帳の余白**

新しいスマホにこれからも登録される電話番号はあるのだろうか。わたしのもとにやってきて二日たったそれを前に、わたしは考える。

今まで通りに暮らしていれば、電話帳に登録されるであろう新しく知り合ったひとの番号は増えていくに違いない。

しかし一方では、こうも思うわたしがいる。

新しく知った番号を、わたしはもう登録しないのではないか。それは新しい番号の持ち主を拒否するということではなく、これ以上、人間関係を広げたくはないという、わたしの側の勝手な事情からである。

過ぎた日々に執着する思いはない。が、知り合って、一からはじめる人間関係をいま受け入れる準備、余白のようなものが、わたしには残されているだろうか。そんな淡い危惧のようなものが、こころの片隅にはある。

……**ちょっと早いサンタクロース**

松岡享子さんの『サンタクロースの部屋　子どもと本をめぐって』（こぐま社　改訂新版　二〇

一五年）には、アメリカ合衆国の児童文学評論誌に記された次のような一文が紹介されている。「子どもたちは、遅かれ早かれ、サンタクロースが本当は誰かを知る。（略）しかし、幼い日に、心からサンタクロースの存在を信じることは、その人の中に、信じるという能力を養う」。心の空間にほかの誰かを迎え入れることができる、というのだ。

そう、サンタクロースがいたところは空いているのだから。

わたしのスマホから、もうここにはいないひとの電話番号を消すことはすぐにできる。すぐにはできるが、わたしは消したくはない。

番号をタッチしても受話器はとられない。それも知っている。とっくに解約されているかもしれない。

新しいスマホの電話帳にも余白はある。しかし、心はというと……。余白はもうあまりない、とも言える。ほんの僅かはあるかもしれないが、その余白には植物や、何度読み返しても季節の変わり目に再読したくなる本の一節や……。これ以上は「入場」は無理、だと思う。

すでにいないひとも含めて、夜中でも電話で話をするひとをもう増やしたくはないという思いが、心の片隅には在る……。

そうしてやがては、自分の携帯に登録されたわたしの番号を、消そうか消すまいか誰かが迷う日がやってくるのだ。

そのときわたしは、番号を残してほしいと思うか？　いや、そうは思わない。妙に感傷的になったりせず、きわめて機械的に「消す」ことをわたし自身は望んでいる。そのくせ、わたしは彼女たちの番号をこうして、消せないでいるのだ。

この矛盾はどこから来るものなのだろうか。自分でもわからない。わからないまま、深まる秋の中で、ここにはいないひとの番号をさっきから見ている。それぞれの彼女と交わした会話を思い出しながら。

ピカピカのスマホは外見もなんだか落ち着かない。

着る　どうしてもほしいものが「ないなら、つくる!」である。

……久しぶりの

十一月七日。ちょっと焦っている。あと二時間でこれを書かなくてはと、仕事机の上の時計と徒競走している。二時間後、わたしは外出の支度を終えて家を出る。そして東京駅に向かう。外出の予定は以前から決まっていたのだから、もっと早くから書きはじめればよかったのに。下書きを終えて安心して、ごめん、眠ってしまった。

小さな庭の話から今回はしよう。ここのところご無沙汰気味だった。

「あなたが植物について書くときって、気持ちがちょっと疲れているときかもね」

敬愛する年上のひとにそう言われた。そういうところもあるかもしれない。気分が疲れ気味のときは、できるだけ心弾むことを書きたい。その結果、小さな庭便り風なことになるのだ。

反対に上機嫌なときも、庭の住人たちに登場してほしくなる。

十一月に入ってからも庭には、なんと白花夕顔が咲いてくれている。夏の間は宵に花を開き、翌朝には萎んでいた。漏斗《ろうと》形の大輪の純白の花であるために、萎んだ姿はなんだかせつなく、見てしまってごめんね！という気持ちになる。そろそろ夕顔は終わりと思いながらも、葉も蔓《つる》も元気で、季節はずれの蕾《つぼみ》が次々につくので、「思いのままにどうぞ」とお預けしているうちに十一月になってしまった。まだ咲いている。

朝の気温が低いせいか、午後近くになっても花をつけている。晩秋の夕顔というのも、なかなかいいもんだ。大型の傘を折りたたんだような蕾がまだ五個はついているからそれらすべてが咲き終えたところで、「おつかれさま」にしようと決めた。

庭には、種子《たね》から育ってくれたビオラ、ロベリア、スイートアリッサム、忘れな草、スイートピー、矢車菊、黒種草など、なじみの苗が元気にしている。これから寒くなると、夜はシートをかけて「おやすみ」。朝にはそれを取って「おはよう」。こと植物に関してはかなりマメなほうで、原稿のように「ごめんなさい、明日には必ず」とは言わない。なにせ、こっちはいのちだから。

いや、原稿だって大事にしているのだが。

……白黒つける

溢れるほどにファッションがあるのに、わたしが着たい服がない！　過剰の中のこの欠如感。だったら、自分でつくるっきゃない……。

そんなコピーを書いたことがあった。白と黒のオーガニックコットンの服をデザインしたときのわたしの言葉だ。

会社勤めをしていた頃から白と黒の洋服が好きだった。「女の子」扱いされるのが鬱陶しくて、背伸びしていたからかもしれない。

いまも、自分でデザインした黒か白の服を愛用している。二時間後、新幹線に乗り込む頃、わたしは黒のオーガニックコットン上下を着ているはずだ。長袖のプルオーバーと踝《くるぶし》より少し上の丈のスカート。靴はもちろんスニーカー。すべてのヒールのある靴が靴箱から消えて久しい。

ちょっとアクセントをつけたいときは、シルバーなどのスニーカーを履くこともあるし、時間に余裕があって、さらに気が向くと、白スニーカーの紐の色を変えて遊ぶこともある。正確にはあった、である。最近はこの紐通しが億劫で、グリーンや紫、赤や黒、金銀などのスニーカーの紐は靴箱の片隅でグデッとふて腐れ気味に冬眠している。

さて、このオーガニックコットンの上下には、色違いの白もある。上下を白であわせてもいいし、白のプルオーバーに黒のスカート、その反対の組み合わせと単品でも着られるようにデザインした。やさしい感じのオフホワイトの色調も素敵だが、年とともにむしろパキッとした純白のほうが顔色が明るく見える（ような気がする）。

白と黒の服がほとんどだと言うと、笑う友人がいる。

「まあね、あなたって白黒つけたがるひとだから」

そうかなあ。原発や憲法などがテーマなら白黒つけたいが、普段の暮らしの中での淡い曖昧さまで否定する気はない。

「なんとなく」も生きていくうえで、大事なテーマだ。

さて、この黒と白のオーガニックコットン、ベア天という伸縮性にとんだ生地を選んだ。ある年代を迎えたわたしが着たい服がない！　四十代半ばぐらいからずっと思ってきた。年齢にこだわる気はないのだけれど、五十代、六十代、そして七十代になると、なおさら、着たい服がない！

愛用しているオーガニックコットンのインナーはすこぶる快適だ。アウターも以前に比べて充実してきたが、それでも、コレ！というデザインにはなかなか会えなかった。ある年代以上を意識してデザインされているのだが、どうもわたしには可愛すぎる。余計な装飾が多い。もっとシャープなカットを生かした服はないか。探していたが、出会えない。

そこで、わたしの無謀なる「テツガク」登場。そう、どうしてもほしいものが「ないなら、つくる！」である。

で、服のデザインもしてしまったのだ。


……「ないなら、つくる」

考えてみれば、四十三年前、子どもの本の専門店からスタートしたクレヨンハウスそのものが「ないなら、つくる」からはじまった。安全安心なオーガニック食材の市場も、「ないなら、つくる」。

皮肉なことに、この国、この社会、この政権こそ「安全」や「安心」からもほど遠いが、対抗政党を「ないなら、つくる」であればいいのだが……、残念ながらそこまでいっていない。異議あり、とせっせとデモをしたり、選挙の結果を待つばかり。

ほしいものがどうしても手に入らないとき、D・H・ロレンスの短編のタイトルではないが、「セカンドベスト」で落ち着くということもあるだろう。が、「どうしても」がこのうえなく強くなると、「ないなら、つくる」しかない。

オーガニックレストランも、同様に「ないなら、つくる」だった。塗料も食品と同じ基準にした木製玩具を主に集めた「クーヨンマーケット」も「ないなら、つくる」から。あかちゃんや幼児は玩具を口に入れて「味わう」ことから遊びを学ぶのだから。

クレヨンハウスで刊行している雑誌や単行本も同じだ。「ないなら、つくる」は、「ないから、つくる」でもある。

そして、オーガニックコットンの洋服もデザインからはじまった。詳しくは、クレヨンハウスで刊行しているオーガニックマガジン『いいね』で紹介したが、運針なんて大嫌い。縫い物も苦手な子どもだったわたしだ。が、小中・高校時代、興味のない授業のときはノートの端っこにいたずら描きばかりしていた。先生の顔のスケッチ。思いっきりデフォルメさせてもらった。

そんな当時を思い出して、クレヨンで洋服のデザインを殴り書きしたスケッチブックが数冊。

シンプルな服が好きだからいま見直してもどれもデザインはシンプルで、直線を生かしたものが多いが、襟付きのデザインもあった。それらから引き算していくうちに（おしゃれって、ある意味引き算かも）辿りついたのが、現在の形だ。

ボートネックのプルオーバーだ。引き算のデザインが楽しいのは、アクセサリーやスカーフなどで、そうと思えば足し算できるところにある。といったあんばいで、服のベースの形はぎりぎりまで引き算。それも自宅で洗えて、上下のチェンジが楽しめる服。旅先でも皺《しわ》を気にしないでいられる服。なによりもラクで、けれど緩んだ感じのしない服。さらにそれを愛用することで、世界中にオーガニックコットン畑をふやすことができたら……。そんな見果てぬ夢もあった。紛争地に畑はつくれないから、コットン畑がふえることは平和につながることでもある、という逆説もかなり強引に成立させた。ささやかな反戦平和運動でもある。

そう、沖縄の米軍基地をオーガニックコットン畑に変えたいという、わたしにとっては積年のドン・キホーテのような夢もある。

ファッションを考えることは人生を考えること、などと力を入れるつもりはてんでないけれど、ファッションが自分の人生の表現のツールであることは確かだ。本来二〇一一年の春に作り上げるという密やかな計画があったのだが、東日本大震災と福島第一原発の過酷事故。服どころではない、とさっさと諦めて、「さようなら原発」の運動に参加。被災地に絵本を贈る活動も並行した。

数年後にデザイン再開。わたしのデザイン画をもとにしてパタンナーのかたがパターンを起こしてくださっている間に、生地探しを。ようやくベア天という生地に出会えた。

そして七十一歳にして、ミズ・クレヨンハウスの名で、自前の服のブランドを立ち上げた。

「自分の名前のブランドでもいいじゃない?」とも言われたが、それは恥ずかしい。

とにかくわたしたちの年代の服がないからはじまった活動は、できあがってみると、エイジレスへ。いろいろな年代のスタッフに試着してもらったが、どの年代にも案外似合う、という結論に。シンプルで黒白だったからエイジレスになれたのかもしれない。むろん外国籍のかたにも似合うので、ボーダレスにもなれた。スカートの代わりに同時期にデザインしたヤクのパンツに合わせれば、セクシュアリティからもフリーということになる。

……Reの視点

おろしたての純白の洋服を着て、外に出た数時間後に、ああ! コーヒーこぼした、カレーが垂れた。トマトソースをはねあげた。染み抜きをしてもうまくいかず、泣きたくなったこともある。デザインした服、特に白いほうは、しみがとれないときは、とれないしみにこだわるよりは、服そのものの色を丸ごとチェンジしたら?という大雑把なわたしの暮らし方を映して、植物染めに出せるルートも確保した。
Re-color 染め直しである。オーガニックなものであるから、植物染料でお色直しをして、「もっと永く着る」のだ。

染め直しの色見本も集めた。またボートネックの一枚のシンプルなプルオーバーを楽しむために、白いワイドカラーの付け襟と、タートルの白と黒の付け襟もつくった。3WAYの着こなしができる。

で、それらを敬愛する女性たちに着ていただいて『いいね』の特集を撮影した。二十代から八十代まで、いや、八十代から二十代までと言ったほうがいいか。

「買いたくても買いたいものがない。二十代の気分でいるひとの服しか売ってないのよ、この国は」

そう憤慨しておられた作家の澤地久枝さんは、白のプルオーバーに黒のスカートを合わせた、写真を撮ってくださった。

それが、すてきなのだ。撮影当日、澤地さんは真珠のネックレスを持参された。

「ずっとずっと昔、最初のお給料で買った真珠なのよ。こんなに細いものしか買えなかったけど。今日はこれをあなたがデザインした服で生かしてやろうと思って、持ってきたの。私、デニムが好きだから、今後はデニムの服をつくってよ」

木内みどりさんは、黒のプルオーバーに白のスカートを。そしてワイドカラーの白襟をつけてくださった。絵本作家の陣崎草子さんは白のプルオーバーにヤクのパンツを合わせてくださった。

作家の渡辺一枝さんは、黒い中折れ帽子をかぶって、カッコいい！　という風に普段おつきあいのある女性たちの協力のもとに、撮影終了。お礼なんてできなくて、その服をプレゼントさせていただいた。シールズの、当時二十歳の谷こころちゃんにも似合う服だということが撮影中にわかって、これも嬉しい発見。と、お名前を並べさせていただくとおわかりのように、みなさま「異議申し立て」のかけがえのない、デモ仲間でもあるのだ。

プルオーバーの裾は思いっきり斜めにカット。納得できるカットに辿りつくまで、どれだけ試しの服をつくったか。したがって、わがクローゼットはちょっと見にはすべて同じ、カットの角度が数ミリ単位で違う同じ服が十数着並んでいる。一応の完成を見て以来、わたしは十数着を着回しするのに忙しく、よそで服を求めることもなくなった。ご興味のおありのかたは、クレヨンハウスの東京店や大阪店で実物を。ネットでも見られるが、まずはオーガニックコットンの感触を知っていただきたいと「産みの親」は願っている。服はこうしてできあがった。

いまは澤地さんがお好きだというデニム素材のデザインにトライしている。完成とは言えないレベルで、発車！はまだまだ先のことになりそうだ。

ここまでまとめるのに一時間と二十分。あと四十分残されている。どうやら、自分がデザインした黒の服を着て、遅刻せずに新幹線に乗れそうだ。

……わたしのワンピース

前掲の服がクローゼットを占領し続けている。ほかの服のほとんどは友人知己、あるいはスタッフのところに引っ越していった。

母を介護していた頃、恥ずかしいことでもあるが、気分転換は近間でのショッピングしかなかった。ある種の依存症のような状態だ。当時ご近所にあったショップで、やたら買っていた服も、すべて仲間のところに。いまはすっきりしたもんだ。黒のほうは冠婚葬祭、どこでもOK。白はカジュアルにも、腰にスカーフなどでアクセントをつければかなりドレッシーにも着ることができる。といった具合で、わたしはこの自分でデザインした服を最後の日まで着続けるに違いない。

服をテーマにした絵本といえば、にしまきかやこさんのロングロングセラー『わたしのワンピース』（こぐま社　一九六九年）がある。

うさぎさんのもとに、ある日、空からふわふわ舞い降りてきた一枚の布。うさぎさんはミシンで、シンプルなワンピースを縫い上げる。

子どもの頃、絵本に出てくるようなワンピースを持っていた覚えがある。麦わら帽子とよく似合うお気に入りだった。くたくたになるまで着ていた。茶色っぽくなった古いモノクロームのスナップ写真もあったはずだ。モノクロームでありながら、小さなわたしの背の向こうに咲いているカンナの花が、濃いオレンジ色だったことも不思議に鮮やかに覚えている。

主人公のうさぎさんも自分で縫ったその真っ白なワンピースがお気に入り。それを着て散歩に行くと……、花畑では真っ白なワンピースが花模様のそれに。雨が降ると、ワンピースは水玉模様に、虹だってかかって、と……。まだまだあるよ、のワンピース。

絵本って素晴らしい、と改めて思うのは、こんなときだ。わたしが絵本『わたしのワンピース』に出会ったのは大人になってからだが、完成度の高い絵本は大人の想像力さえ、さっくりと耕してくれるのだ。

うさぎさんが着ているような、こんな真っ白なワンピースがあったらいいな。空からふわふわ降ってきたのが白ではなくて、黒い布なら。そしてその布でワンピースを縫ってそれを着ていたら、裾のあたりを流れ星が横切っていくかもしれない。肩の向こうから、ふくろうの鳴き声が聞こえるかもしれない。夜に降りだした今年はじめての雪が朝がくるまでに積もるかもしれない、と。

・

ちょっと疲れた夜は、スケッチブックに次なるデザインをクレヨンで描いたりしながら、この絵本を開くのだ、と辿りついたところでジャスト二時間。行ってまいります！

する&しない

何かを積極的にする、という選択と同時に、表現する場にいるものは、何かを「積極的にしない」という選択肢も掌の中に握っているのだ……。

……突然の訃報

どうしても欲しいものが、ないならつくる……。そんな風に生きてきた。クレヨンハウスもそうだった。そして、洋服のデザインもした。

前回では、そんなことを書いた。書いてしまってから、なんとなく気恥ずかしくなった。たいしたことじゃあ、ないのになあ、と。

そしてわたしがデザインした服を着て、写真を撮ってくださった諸姉たちのことも書いた。その中のおひとり、俳優の木内みどりさんの突然の訃報に接したのは、その原稿を書いて十日ほどたった日だった。

あまりに突然で、いまはまだそのときの衝撃を表す言葉に辿りつけていない。

「さようなら原発」の活動などでご一緒してきた木内みどりさんだった。それまでは画面の中のひとだった。

集会では、わたしたち呼びかけ人は短いスピーチをすればよかったが（それとて大変だったが）、木内さんは司会進行をされることが多かった。木内さんからするなら、大先輩と呼びたいような年上のかたもいる。さらに、運動体のひとたちとともに活動することも、木内さんにとってさほど慣れたことではなかったはずだ。愚痴など口にしたことのない彼女が、集会の前日は、その準備や資料集めに大変だと言っていたことがあった。単に名前を紹介するだけではなく、なるほど彼女は、自分の言葉で次に登壇するスピーカーの近況などをさりげなく簡潔に、かつ過不足なく紹介してくれていた。さらに会場（屋外が多かったが）の雰囲気を楽しくするのも得意だった。

特に屋外の場合、マイクを使っても声が届かなかったり、風に流れてしまうこともある。それらもしっかり視野に入れての、進行。見事だった。

こういった司会がどれほど気骨の折れるものだったか。

真っ直ぐなひとだった。それゆえに、より傷ついたり、失望したり、弾き返されたりしたこともあっただろう。

「さようなら原発」や改憲反対などの集会で、司会をされたという事実をもってして、一時期テレビの仕事も減ったとお聞きしたことがあった。

「無色透明」を求める風潮が、メディア、特にテレビの世界にはいまだ残存しているのかもしれない。そういった意味で、運動に参加することによって、最も多くを失うところにいたのは、木内さんだったといえるかもしれない。

訃報に接する前日だった。たまたま開いた女性誌に彼女の晴れやかな笑顔を見つけた。グレイヘアの特集だった。近ごろ、白髪はなぜかグレイヘアと呼ばれるようだ。髪を染めずにグレイヘアのまま暮らすと決めたという木内さんの、まさに「明るい覚悟」のようなものを軽やかに語るコメントとともに、素敵な笑顔があった。

とてもいい笑顔だった……。

享年六十九。最近は映画でも活躍されていたし、再びテレビの画面で目にすることも増えていた。

年齢的にも、役の幅が大きく広がる季節であったはずだ。日本の「かあさん」といった役もできるが、それらのイメージとはまた違った、ボーダレスというか、いろいろなものを引き算したところから生まれる透明感を持った「ある年代以上」を自由闊達に演じられるのではないか……。

今後の活躍を楽しみにしていた。

「ね、おすすめの本ある?」

よく聞かれた。

「学校が嫌いで、十代で劇団に入ってしまったから、わたし、勉強というもの、やってないんだ」

もの凄いスピードで次々に本を読破していった木内さんでもある。

洋服を着ていただいての写真撮影の日。自分で運転する車に、ブーツやスニーカーやハイヒールや、たくさんの靴を積んできてくださった。

「いろんな表情があったほうがいいでしょ？　ほかのひとたちが履かないであろう靴を用意してきたの」

ちょっと照れながら、いろいろなポーズをとって、彼女はカメラにおさまってくれたのだ。いまはまだ、うまく言葉にできない日々の中を漂っているわたしだが。

ことばって、何だと思う？

けっしてことばにできない思いが、

ここにあると指さすのが、ことばだ。

詩人・長田弘さんの「花を持って、会いにゆく」の一節が浮かぶ。

……遺された時間

長田弘さんの詩画集『詩ふたつ』の編集にかかわらせていただいたのは、二〇一〇年だった。闘病生活を送られていたおつれあいの傍らで記された、ふたつの長編に近い詩を、グスタフ・クリムトの絵とともに一冊の詩画集にしたいというご希望だった。

長田さんがその詩画集の刊行を急いでおられることをわたしたちは知っていた。おつれあいの体調が思わしくないということも。

彼と親しくしていただいたクレヨンハウスの編集担当者から簡単な話を聞いて、刊行をすぐに決めた。

一日も早く、半日でも早く！　とにかく早く本にしよう。

編集を担当した彼女もくどくどと話さなかった。聞いたわたしもこまごまと問い返したりしなかった。短い会話でスタートした詩画集は、長田さんの希望で、『詩ふたつ』というタイトルがつけられた。二編の詩「花を持って、会いにゆく」と「人生は森のなかの一日」で構成された、この美しくせつない詩画集に、『詩ふたつ』という、ある意味、きわめて散文的なタイトルを敢えて（なのであろう）長田さんがつけられる理由も、勝手な想像ではあるけれど、なんとなく理解できた。

春の日、あなたに会いにゆく。

あなたは、なくなった人である。

どこにもいない人である。

そんな一節から始まる「花を持って、会いにゆく」。当時、わたしは母を見送った、どうにもならない喪失感の中にいた。

どこにいても、なにをやっても、「母はもういないのだ」という事実がわたしを打ちのめした。身体やこころをぴしぴしと叩く……。その音が聞こえるような打ちのめされかただった。愛するひとを失うということは「こういうことなのだ」という、逃げることも目を逸らすこともできない、明らかな事実。その事実の中でわたしは息を詰まらせ、膝を抱えて丸くなるしかなかった。クリスマスが来れば、昨年のクリスマス、母がまだいた頃のそれを思い出し、年末年始も同じ喪失感に襲われ、母の誕生月を迎えれば迎えたで、同じだった。朝、目を覚ます。と、その瞬間に思うのだ。母はいない、と。そしてそれは眠りにつくまで続く喪失感だった。

長田さんの「けっしてことばにできない思いが、ここにあると指さすのが、ことばだ」というフレーズに出会ったとき、妙な言い方だが、どれほどわたしは救われただろう。

そうなのだ、この悲しさを、言葉にすることはないのだ、と。なにもかも言葉にすることはないのだ……。急ぎに急いだ『詩ふたつ』は、長田さんのおつれあい、瑞枝さんのお別れの会で、参列されたかたがたに手渡されることになった。

スピードをあげるために印刷所に詰めて仕事をしていた担当スタッフも、若くしてつれあいを失っていた。

だから、あとがきで詩人が記した次の言葉はより心に深く響いたはずだ。

「亡くなった人が後に遺してゆくのは、その人の生きられなかった時間であり、その死者の生きられなかった時間を、ここに在るじぶんがこうしていま生きているのだ……。」

「猫たちがいるからねえ」

時おり、クレヨンハウスに来られる長田さんは、おつれあいが遺していかれた時間を、元気にやってるよ、というように微笑みながらご報告してくださった。その長田さんも二〇一五年に亡くなった。亡くなる前に、残った作品をどのように刊行されるのか、秘書役をされていたかたにきちんと言い残していかれた。そしてわたしたちクレヨンハウスは、長田さんのご希望通り、酒井駒子さんの素晴らしい表紙と挿画で、『小さな本の大きな世界』を刊行することができた。編集を担当したのは、『詩ふたつ』と同じ、彼女である。

……和田誠さん

和田誠さんが亡くなった。享年八十三。

ラジオ局に勤めていた二十代の頃、雑誌の連載をご一緒させていただいたことがあった。「イラストレーター」という職業が脚光を浴びはじめた頃だった。そのパイオニアが和田誠さんだった。本の装丁やポスター、評論も手がけ、エッセイスト、後には映画監督としても活躍をされていた。とにかく博識でおられた。ジャズのスタンダードナンバーについても、海の向こうからやってくる映画についても詳しかった。『お楽しみはこれからだ』というエッセイ集はいまでもわたしの愛読書だ。

和田さんに関しては亡くなったあと、新聞などのコラムに書かせていただいたりしたので重複するかもしれないが、大事なことなので、ここでも再度紹介させていただく。

あれは、どこであったかは忘れたが、どこかの編集部だった。当時わたしは勤務するラジオ局で深夜放送を担当し、そこでの発言のひとつ……学生運動と憲法にかかわることだったと記憶するが……が、局内でちょっとした問題になっていた。

話し手というのは無念なことに受け身だ。ましてやわたしは「若手」のひとりだった。社会的問題や政治的テーマをスルーして番組はできないという事実を、和田さんはどう思われるか、と聞いたときだった記憶がある。

ここに、とても完成度が高いポスターがあるとするね。和田さんはそう話しはじめた。

「そのポスターに関しては、誰もが称賛し、誰もが足を止めるとしよう。芸術的にもとても優れたポスターだ。けれど、そのポスターが、兵隊さんになろう、お国のために尽くそう、という内容だったら……。そして、そのポスターを見たひとりが、本当に兵隊さんになってしまったなら……。優れているがゆえに余計、罪深いと言えないだろうか」

だから、ご自分はどんなに条件がいい仕事であっても、そういう類の仕事はしない、と和田さんはおっしゃった。

五十年近くも前のことである。当時わたしは会社員であり、会社という壁に弾き返される場合もあったが、一方では会社という存在に守られてもいた。

何かを積極的にする、という選択と同時に、表現する場にいるものは、何かを「積極的にしない」という選択肢も掌の中に握っているのだ……。「する」と「しない」、その両方をわたしも大事にしたいという、その後の羅針盤とも言える自分との約束を引き出してくれたのが、和田誠さんだった。

この時代、この社会を、和田誠というひとは、どんな風に見ておられたのか。和田誠さんのおつれあい、料理愛好家の平野レミさんと電話でお話をしたとき、このエピソードをお伝えした。

和田さんって、すごいひとだったんだよね。レミさんはそうおっしゃった。すごくて、そして「このうえなく、偉大なる普通の人だった……」。

受話器を握り締めて、わたしはレミさんにそう告げていた。

メディアで仕事をし続けながら、和田さんのようなかたは珍しい。みんな、どこかで「おれが、おれが」を持っている。あるいは持っていながら、隠している。和田さんにはそんなところがまったくなかった。

「たぶん、ご自分の仕事に、とても自信がおありだったのだと思う」

「そうだったかもしれないね」

ジーパンが好きだった和田さんを見送るとき、ご家族はみな（多彩なご一家だ）、ジーパン姿だったとおっしゃっていた。

……いつかまた会おう

見送ったかたがたのことで、今回は終わりそうだ。前掲の詩人、長田弘さんは『記憶のつくり方　詩集』（朝日文庫　二〇一二年）の「路地の奥」という一章で、次のように書かれている。

親しい仲にも秘密がある。（略）

ひとはひとに言えない秘密を、どこかに抱いて暮らしている。それはたいした秘密ではないかもしれない。秘密というよりは、傷つけられた夢というほうが、正しいかもしれない。けれども、秘密を秘密としてもつことで、ひとは日々の暮らしを明るくこらえる力を、そこから抽《ひ》きだしてくるのだ。

それぞれの見送ったひとからもまた、わたしは「明るくこらえる力」を贈られたような気がする。

誰もが意識しようとしまいと、長田さん言うところの秘密、あるいは「傷つけられた夢」はある。ひとつのひともいれば、もっとたくさんのひともいるだろう。むろん、わたしにもある。それを持つこと、持ち続け、抱き続けること。

それが、もしかしたら……。敢えてそう呼ぶことを許されるなら、生きる、ということかもしれない。あるいは、生ききる、ということかも、と最近とみに考える。

……一本の木

『はるにれ』（福音館書店　一九八一年）という姉崎一馬さんの写真絵本がある。

北の大地にすっくと立つ、一本の木、はるにれ。冬にはすべての葉を落とし、白一色の世界に佇む一本の木。やがて春が来て、柔らかな芽を吹き出させ、気がつけば葉が生い茂る夏。そして秋。この写真絵本は秋からはじまる。落ち葉が風に散るのを見ると、わたしはいつも秋を意味する英単語 autumn ではなく、fall を思い出す。語源は別にあるらしいし、イギリス英語が autumn、米語が fall らしいが、わたしは落ち葉を見ると、好きな国ではないし、好きな大統領でもないが、fall を思う。

絵本『はるにれ』は一本のその木を定点で撮影したものだ。撮影されたのはずいぶん前だが、その木はいまでも「そこ」にあるのだろうか。あってほしい、と願う。

そしていつの日か、その木の下で見送った懐かしいひとたちに会いたい。早くおいで、と手を振ってくれるひともいるだろう。来るのはまだ早すぎる、と言うひとも。

そんなことを夢想する夕暮れ。北の大地のはるにれは、銀色になった細い枝先を、金色の夕陽にかざしているかもしれない。わたしは、ここに、いるよ、と。

病む

もう誰も湯船に浸かったわたしの肩に手を当てて言ってくれないのだ。
「百まで数えてからね」とは。

……朝食から昼食まで

ほうじ茶を寝起きに一杯飲んで、ばたばたしているうちに朝ご飯の時間が過ぎても空腹を感じることなく、こうしてパソコンの前にいる。朝にコーヒーや紅茶、濃い目の緑茶等に手が伸びない日は胃が疲れ気味の証拠だ。こういうときは無理して食べることはない。こういう時は、お白《さ》湯《ゆ》からはじめる。

そのうえ昨夜は、たちの悪い風邪も引きこんでしまったのではないかと不安だった。

朝食兼昼食は、雑炊とかおかゆがいいかもしれない。

椎茸《しいたけ》や昆布のだしで玄米をぐつぐつ。ほんの少し玄米味噌を溶き入れて、三つ葉と柚子《ゆず》の皮を散らす。有機の三つ葉はないのだが（誰か生産してくれー）幸い昨夜、いとこのひとりが自分の家で育ったものを新聞紙にくるんで持ってきてくれた。と、書いているうちになんだか食欲が出てきたような。あとは温泉卵とそうだった、「あれ」をつくろう。

昨年の暮れに買って重宝している小型の本、『冬つまみ』（重信初江著　池田書店　二〇一九年）で紹介されていた「ほうれん草のしっとり海苔和え」。今回が初トライである。ほうれん草だから、さほど気合などいらない。ごめんよ、ほうれん草。

いつでもつくれると思っているうちに、数週間がたってしまった。この、「ほうれん草のしっとり海苔和え」、簡単な料理だが、すっごく美味《おい》しそうなのだ。少なくとも今朝のわたしには最高のご馳走に思える。

鍋に湯を沸かし塩を少し入れ、一束のほうれん草を「根元から入れて十秒たったら菜箸で全体を沈め」という説明もなにやら凛《りん》としているではないか。ほうれん草が「しんなりしたら流水に取ってザルに上げる」。そして冷めてから三センチほどに切って水気を絞る。焼き海苔二分の一枚とほうれん草を、小さじ二分の一の醤油、小さじ四分の一のおろしにんにく、塩少々とあとは和えるだけ、だそうだ。

白い器に盛られた写真もしゃきっとしていて美しい。おろしにんにくというのも、なんだかちょっと乱丁というか乱調気味で愉快だ。単なるおだしでまとめたら、このワクワク感はない。

この料理、小松菜でもつくれそうだが、ここはやはりほうれん草だろう。

この本をどこで購入したのか忘れてしまったが、「寒い季節をおいしく過ごす酒の肴一二〇」というサブタイトルもついていて、今後も愛用していく予感がする。おいしい料理の本は本の顔も美味しい。

一方、レシピ本といっても、高血圧予防減塩レシピとか、コレステロールを下げるレシピとか、新書版の変形で、表紙はだいたい料理の写真という本もたくさんある。このシリーズは書棚の片隅で「すみませんね」といった顔をしている。ほとんどが友人知己を見舞いにいった病院の売店などで求めたものだ。相変わらず、どこに行っても、活字が「ここ」にないと落ち着かない。月刊誌も週刊誌も、朝刊も一応目を通してしまった、けれど活字が欲しい……。友人が検査やリハビリから帰るのを待つ間に、頁を繰る。減塩レシピの本は、去年の夏に熱中症を起こしそうになった友人が一日半入院したときに買ったレシピ本だ。

……昨夜ネギを焼いた

昨夜、遠縁の子たちが帰ったあと、なんとかしてその夜のうちに風邪を治したいと切実に思った。翌日（今日）は一日家での仕事だが、二日後関西に行く。風邪を引きずっての旅はうれしくないし、かの地での抗議行動にも参加したい。

どうでもいいけれど（いや、よくないが）、「桜を見る会」に参加するひとって、「桜を見ないひと」なのかもね。今日咲く花を見ないで、さびしかないか？と思うが、いや、彼らは他の「花」、地位とか名誉とかお金とかを見ているのだろう。

さて、昨夜、いとこたちが帰ったあと、深夜のキッチン、調理台に以下のものを準備した。

太めのネギ二本。種類は問わず。浅葱《あさつき》の類は不可。フェイスタオル一枚。

まずは、ネギの白いところをぶつ切りにする。少々不揃いでも問題なし。ぶつ切りにしたネギは、網にのせてガスをつける。ネギを焼くのだ。魚焼き器、フィッシュロースターでもいいのだが、どんなに洗ってもかすかに残る青魚類、鯖《さば》や秋刀魚《さんま》、鰤《ぶり》などの臭い（輪切りのレモンで拭くのが最も効果的、しぼり汁でも）が、ネギに少しでもうつるのは避けたいから、野菜専用の網で焼くことにした。夏には玉蜀黍《とうもろこし》、秋から冬にかけては時々焼き芋などを作るとき使っている網だ。

焼き加減は好みでいいのだが、わたしはネギの表皮が黒く焦げるまでしっかり焼く。一本のネギから、ほぼ五センチの長さの白い部分が五つとれたので、焼き終えたらそこに醬油を数滴、いやいや、垂らさないのだ。七味や一味の類、山椒の粉も、いや、振らない。焼きネギは旨そうな匂いをたてているのだが、今回は食さないのだ。

フェイスタオル（手拭でも）を調理台の上に横に広げ、その真ん中に焼きたてのネギを次々に横一列に置いていく。そして海苔巻きでもつくるようにタオルを外側に向けてくるくると巻いて（別に内側に向けて巻いてもいいのだが）形を整え、それを喉に巻くのだ。タオルでも手拭でも三重ぐらいにしたほうが安全。焼いたネギはあっちっち、であるのだから。

これが、風邪をひいたな、とくに喉中心の風邪をひいたかなと思ったときの、初期段階での常備薬というか手当て法である。

焼きネギ入りだから熱い。が、その熱さが気持ちいい。わたしはネギ好きだから、その香りも心地いい。風邪のウイルスどもが唐草模様の風呂敷包みを背負って、あたふたと逃げていく図が見えるようで、実に爽快。できたら、この際、永田町方面からも遁走するやからがいたら嬉しいのだが。

鼻が詰まり気味のときにも、この焼きネギ法、わたしには効果的だ。繰り返すが、かなり熱くなっているので火傷にはご注意を。すき焼きなどでネギを頬張った途端、ネギの中からつるりとさらにあつあつのネギが滑り出てきて、あっちっち状態になる。口の中でも喉湿布でも、ネギの火傷は案外治りがよくはない。

あつあつのネギの香りに包まれて、ほぐした梅干一個、ネギのみじん切り少々と番茶を喉への湿布と同時進行で飲み終える頃には、喉の違和感（痛みやいがいが、ざらつきなど）が心なしかおさまって、小一時間もしてタオルの中のネギが冷める頃には、気分が爽快になっている。風邪の具合によっては再度新しい焼きネギをつくってチャレンジすることもある。

だいたいこのあたりで、通常の風邪のひきはじめなら完治に近い状態になる。

ネギはレンジで「チン」でもいいのだろうが、わたしは網焼きにこだわりたい。さて、使用済みのネギは洗濯し立てのきれいなタオルで巻いたのだから、調理して食すことも可能だが、なんだかなあ、である。しかし、そのまま捨てるのはなにがなし申し訳なく思えて、キッチンのまな板の上に焦げた奴を五つ行儀よく並べてから、熱めの風呂に入った。

冷えは免疫力を低下させるとどこかに書いてあった。だから、熱なしの風邪のときは、少し熱くして入浴する。もともと熱めが好きだから、ちょうどいい。そして、湯船に沈んで、湯気の中で大きく口を開いて、何度も息を吸ったり、吐いたりを繰り返す。

誰かがもってきてくれた見事な柚子もいくつか、バスタブに浮かしてみた。

子どもの頃は、柚子が浮かんだ風呂桶の中で両肩を祖母が軽く押さえるようにして言った。

「百まで数えてからね」

裏庭には柚子の木もあって、ご近所の白菜の漬物の上にも皮が散り、わが家と同じような古びた風呂桶にも柚子が浮いていた。柚子のお返しは、カルメ焼きや、もう少し暖かくなってからは、土手で摘んだ蓬の団子になった。

敗戦から数年。栃木の町でも物の不足はあったはずだが。あの頃、祖母も母も若かった。

南天の赤い実を背に、笑う母の写真がある、と書いて、写真はモノクロームだ。それでも鮮やかな赤い実を、子どものわたしは確かに見たような。南天の赤い実は、雪が降ると雪ウサギの目になった。風邪と発熱で寝込んだわたしの枕元に、お盆にのせた雪ウサギを母が笑いながら持ってきたのは、郷里のあの家だったろうか。それとも上京して最初に暮らしたアパートでのことだったか。

ひとの記憶は妙なものだ。そのときの母の表情などまったく覚えていないのに、別珍《べっちん》のエンジ色の足袋《たび》を履いていたことだけは覚えている。いや、エンジ色の足袋はほかの場面なのか。

……誰もいない

ふっと思う。もう誰も湯船に浸かったわたしの肩に手を当てて言ってくれないのだ。

「百まで数えてからね」とは。

ふっと思う。もう誰も湯船の中のわたしに、とりたての柚子を投げてはくれないのだ。

風邪のひきはじめに、焼きネギをつくってくれたひとももういない。気管支が弱く、すぐにぜいぜいというわたしの胸に耳をあてて、「おむねの中のトンネルを小さな機関車が通っていまーす」。そう言った母はいない。

小さな機関車が、オルガンになることもあった。「おむねの中のお教室で、古いオルガンが鳴っていまーす」。そのあとは、♪「春は名のみの～」や「菜の花畑に～」の歌になったものだ。

母は歌がうまかった。一度耳にした曲は楽譜がなくても、すぐに大正琴で弾くことができた。オルガンか、できたらピアノが欲しかったのに諦めて大正琴にしたかつての娘は、そのまた娘にピアノを習わせたかったようだ。が、そのまた娘のほうは、てんで興味はなく、やがては教室の箒をギターに見立てて「ヘイ、ママ、ママギター、ヘイヘイ、ママギター」と大声を張り上げるほうがはるか自由に思えた。

……そして明日

詩人宮尾節子さんの詩集をこのところ何度も読み返している。

二〇一四年だったか、「明日戦争がはじまる」は大勢のひとたちの心を捉えた。わたしも捉えられたひとりだった。多くのわたしたちは「明日戦争がはじまる」と、二〇一四年という年と政権を重ねて考えていたが、宮尾さんがその詩を書かれたのは、それより何年も前だと知って、驚いた。詩人の「未来」を見通す目に驚愕した。見方を変えれば、わたしたち市民は知らぬまに(あるいは、薄々気づきながらも)、権力を持つものによって彼らが望む「明日」に向けて歩かせられてきたのだ。そんな悔恨をもたらした作品でもあった。

インターネットの
掲示板のカキコミで
心を心とも
思わなくなった

虐待死や
自殺のひんぱつに

命を命と
思わなくなった（略）「明日戦争がはじまる」の一部を引用

そんなわたしたちと社会、なのか。そんなわたしたちの社会、なのか。この詩を知った日、知ったときから、わたしたちはどれだけ前に、望ましい方向へ進むことができたのか。その前に、進むべき「前」とは、どこを何を意味するのか。

宮尾節子さんの新しい詩集のタイトルは『女に聞け』（響文社　二〇一九年）。

この表題作を口ずさみながら（実際は目で追いながら）、わたしは明日、関西へ。特に、長い間、わたしの中に見え隠れしていた擦過傷のようなもの（当事者でないわたしに何を語ることが可能なのか）について、「誰が世界を語るのか」は、ずーんと、心に響いた。うまく言えないが、宮尾節子さん。ありがとうございます！　いま、おすすめの詩集だ。

絵本『ぼくたちは　みんな　旅をする』（講談社の翻訳絵本　かがくのとびらシリーズ、ローラ・ノウルズ／文　クリス・マッデン／絵　石川直樹／訳　二〇一九年）は明日会う、友人の孫へのプレゼントだ。ドキュメントやノンフィクションが大好きで、レイチェル・カーソンを尊敬している孫娘Mはきっと気に入ってくれるはず。レイチェル・カーソンも尊敬するが、昨年からの彼女のヒーローは、地球温暖化によってもたらされる（と言うか、人間自らが招いている）リスクを世界中に訴えているスウェーデンの若き環境活動家、グレタ・トゥンベリさんであるという。

絵本『ぼくたちは みんな 旅をする』の中には、さまざまな生物が紹介されている。もちろんラストには「人間《ひと》」という生き物も。陸であろうと水中であろうと空中であろうと、生物は旅をする。水平にも垂直にも旅をする。むろん時間の中をも旅をする。オサガメは水中を毎年約一万六千キロ移動する。

インドガンは鳥類で最高の飛行高度で移動する。飛行高度一万メートル以上。陸を旅する動物だってすごい。春はツンドラを目指して北へ、秋は森を目指して南へ旅するカリブーは、毎年約五千キロを移動。なんだか人間であることに「す、み、ま、せ、ん」と呟きたくなる。そしてそれは、気持ちいい「すみません」であるのだ。孫娘からの質問がまたひとつ増えそうだ。

誰が、いつ、どのような理由で、地球上で最も「偉い」のは人間だと決めたのか?

はじまる

あの頃の自分に、どこかでばったり会ったら、いまのわたしはどんな言葉をかけるだろう。

……早い帰宅

思いがけず早くに帰宅できた。これからベッドに入るまでにたっぷりの時間がある。シカゴの曲ではないけれど、『長い夜』がある。

なんだか、すっごく得をしたような気分だ。

「やらねばならない」ことも少しはあるが、こんな夕方から夜にかけては、「やりたいこと」を優先させる、と決めた。素敵なことではないか、僅かの「ねばならない」と、たくさんの自発的内発的「やりたいこと」と。

読みかけのあの本とこの本の続きを読もう。並行して三冊ぐらいは読める。いや、本を開く前にコーヒーをいれて、マグカップを手にバスタブにつかり（十分間用の砂時計愛用）、夕刊を読み比べよう。それから、わたしの最高のお楽しみのとき、初夏から咲いてくれるであろう花の種《た》子《ね》を（すでにもう何度となく見ているが）カタログから選び……、それからそれから。そうだ、夕食の準備もある。

しかし急ぐことはない。空の片隅にまだ明るさがある。日が沈んでから間もないが、遠くの雲に照り映えが残り、雲の輪郭が金色に輝いている。とてもきれいだ。カピバラのような形をした雲だ。いまにもトコトコ歩き出しそうな雲の形だ。

それにしても日が長くなった。余談ながら残照を英語ではafterglowと呼ぶのではなかったか。

……懐かしい時間

アフリカ系アメリカ人のコーラスグループ、ザ・プラターズのヒット曲『トワイライト・タイム』にもafterglowという言葉があった記憶がある。しかし、「ザ・プラターズ」といっても、すでに知らない世代のほうが多いに違いない。五〇年代、ロックンロールの黎明期に、『オンリー・ユー』や、『グレート・プリテンダー』『煙が目にしみる』などを大ヒットさせた人気グループだった。何度か来日もしている。男性四人、女性一人。男性はタキシード姿（光沢のある、サテンのような生地の）、女性はシフォンやオーガンジーなどの生地をつかったフォーマルドレス姿だったか。

グループ名のプラターズは大皿という意味だが、ネーミングの理由はなんだったのだろう。昔もっていたレコードジャケットには説明があったかもしれないが、何度かの引っ越しですでに手元にはなくなっている。

シングル盤をドーナッツ盤と呼んでいた時代だった。

ザ・プラターズを最初に聴いたのは、ラジオだったはずだ。そのあとにレコードがやってきた。二十代前半の叔母たちが次々にレコードを買ってきた。学生だった叔母たちは、リズム感のある曲を好み、長姉だった母はむしろメロディ主体の曲を好んでいた。幸いなことに、その結果、わたしはどちらの曲にも親しむことができたようだが、その中にザ・プラターズもいた。

その頃はアメリカ合衆国の歴史など知らない子どもだった。知りはじめたのは、中学生になってからだったと記憶する。

……塗りかえる

「黒いのはレコード盤だけでいい」

「自由の国」アメリカ合衆国にあまりにも長い間、手付かずのまま存在した人種差別があった（と過去形にはできないが）こと。それが発端で南北戦争がはじまったと習ったのは、中二の頃だったか。社会科の授業だった。

わたしは婚外子という自らの出生のこともあって、差別には敏感なほうだったとは思うが、当時はやはりどこか遠い国のできごとだと思っていた。

六〇年代になっても、いかに才能があっても、アフリカ系のアーティストが差別され、ときにはレコードジャケットの写真さえ歌っている本人とは別の白人の顔にチェンジされた時代の名残は、まだまだあったと聞く。ツアーに出ても白人は泊まれるのに、アフリカ系は断るホテルもあったし、レストランで門前払いをされたという、アーティストの伝記もある。その名残があった時代に登場したグループのひとつが、ザ・プラターズだった。

昔、わたしが持っていたドーナッツ盤のレコードには彼らの写真は載っていたが。

五〇年代、六〇年代、七〇、八〇、九〇年代と年代で分けた、主にアメリカンポップスのCDシリーズがある。すべてをひと晩で聞き終えることはできないが、今夜はこの前半あたりの二枚を流しながら、夕食の準備をしようか。

懐かしい時代の、懐かしい音楽に包まれていると、その時代の中にいた、あるいは、その時代の鋳型にはめこまれることを拒否しようと不器用にもがいていた遠い日の自分に再会したりして、なんとも言えない感触を味わったりする。

あの頃の自分に、どこかでばったり会ったら、いまのわたしはどんな言葉をかけるだろう。

「いつも走っていたね。いつも大きな荷物を抱えていたね。いつも考えていたね。きっと、いまとは違う明日が来る、と。来なかったら、わたしから迎えに行く、と……」

リズムもメロディも、音楽は時空を自在に飛びまわるときの翼になってくれるものかもしれない。

飛び立って過去に還り、過去を遊泳し、そうして現実に戻ってくる……。

早く帰った夕暮れには、こたえられない、そんな快楽もある。

そうだ、ニュースを観よう。

新型コロナウイルス。誰かも言っていたが、誰もが不安を覚え、こわいと思うのが特に未知の、特に病だ。そのときに必要なのは、「正しく知って」「正しくこわがる」という姿勢かもしれない。これでもかこれでもかとメディアから流れてくる新型ウイルスについてのニュース。「正しく」を超えて過度に過剰に「こわがる」とき、わたしたちの社会と人間関係は容易に、忌まわしい差別を迎え入れる可能性が高い。すでに一部ではじまっているような……。

そのあたりの、自前のバランス感覚が、特に必要だと考える。「一色」に染まってしまう可能性が強いときはなおさらのこと、なにをどのように「こわがる」かも、大事な目安となる。

あと半月もすれば、桜前線が北上するだろうが、それにしても「桜を見る会」とその前夜祭は、ウイルス騒動に隠されてしまったような。こちらも、わたしたち市民の暮らしにもろかかわる、大事なテーマであるはずだが。

……ブラック・パワー・サリュート

ふと思い出した。アメリカ合衆国の公民権運動で、アフリカ系のアメリカ人たちが実行した示威行為のことを。ブラック・パワー・サリュート。政治的行動と呼ぶひともいる。が、わたしたちの行動の多くは、本人が意識しようとすまいと、「政治的」な意味あいを含むものだ。Personal is Political. 個人的なことは政治的なこと、である。

オリンピックの年を迎えると、わたしはその時々に連載している新聞などのコラムに、必ず書くテーマのひとつが、このブラック・パワー・サリュートだ。個人的にはもとより、社会的にも忘れてはならない「人間の記録」だと考えるからだ。だから、何度でも書くことにしている。

一九六八年十月。ラジオ局に入社してわたしは二年目だった。

この年、メキシコシティでオリンピックが開かれた。余談ながら六四年の東京オリンピックだって真夏ではなく、十月に行われていた。

さて、男子二百メートル競走。アフリカ系アメリカ人のトミー・スミスが優勝、金メダルを手にした。オーストラリア人のピーター・ノーマンが二位、銀メダルを。そして、スミスと同じくアフリカ系アメリカ人のジョン・カーロスが三位、銅メダルを獲得した。

メダル授与の表彰台。スミスとカーロスは、自分たちアフリカ系の市民の暮らしを苦しめる貧困をあらわすために、靴は履かず、黒いソックス姿でメダルを受け取った。さらに、トミー・スミスは黒いスカーフを首に回し、ジョン・カーロスはクー・クラックス・クラン、白人至上主義者たちのリンチを受けた同胞への共感と哀悼をあらわすロザリオをつけていた。

このふたりとともに表彰台にあがったのが、オーストラリア代表、白人のピーター・ノーマンだった。彼は、そのときどうしたか。

テレビの中継をわたしは観ていた。

ピーター・ノーマンもまたふたりに応えるように、OLYMPIC PROJECT FOR HUMAN

RIGHTS（人権のためのオリンピックプロジェクト、と訳せばいいのか）のバッジをつけていた。この表彰式の写真はいまでも入手できるが、ふたりのアフリカ系アメリカ人は一方の手だけに黒い手袋をはめていて、その拳を高々と掲げている。

かなりあとになって知ったのだが、スミスかカーロスかどちらかが肝心の黒い手袋を忘れ、それを知ったピーター・ノーマンが、だったら一方ずつ分けて使えばいいとアドバイスしたというエピソードを聞いたか読んだことがある。綿密に計画された、選手生命はむろん、いのちそのものにかかわる行動であるが、あるいはそうであっただけに余計緊張し（前夜は眠れなかったろう）、示威行為に不可欠な手袋を忘れてしまったのかもしれない。

国歌が流され、国旗が掲揚されている間ずうっと、ふたりは一方だけの手袋をはめた拳を高々と掲げ、頭は垂れて、視線も落としている。もちろんその様子はテレビを通して世界中に流れた。それこそが、彼ら（と彼らのガイド役である恩師）の意図したものだった。

三人の選手にとって苛酷な試練がはじまった。ＩＯＣのブランデージ会長は、スミスとカーロスをナショナルチームから除名。出場停止。オリンピックそのものから追放した。

彼らの示威行為を「暴力的」と判断したからだというが、人種差別やそこから派生するリンチは暴力的ではない、というのだろうか。

「健全なるオリンピック精神」が権力と拝金精神のオリンピックとなって久しいが。

さて、世界を震わせ、揺すぶった「この事件」。支持、反対、どちらともいえない、アンケートをとれば、三番目の回答が多いに違いない。旗色を鮮明にするより、そのほうがラクな場合が多いからだ。スミスとカーロスは合衆国のスポーツ界から長い間、事実上の追放をくらう。当時、アフリカ系の市民たちが白人社会で成功を収める道は、スポーツ界で活躍するか、ショービジネスでの栄光しかなかった。もちろん、これらで成功した彼ら彼女たちは、ほんのひと握りでしかなく、公民権が認められたあとも、差別と貧困（このふたつは同根だが）で苦しみ続けた市民が大多数ではある。

さて、表彰式で彼らふたりと行動をともにした白人、オーストラリア人ピーター・ノーマンは帰国後、どんな人生を送ったのか。四年後のオリンピック候補者を選ぶ予選で優れた成績を記録したにもかかわらず、オーストリア・オリンピック委員会は男子短距離に誰も派遣しないと発表した。もちろんバッシングは続く。離婚をはじめ、私生活での不遇が続き、アルコール依存症、鬱病を発症した彼は二〇〇六年に亡くなっている。

その葬儀のとき、ピーター・ノーマンの棺をかついだなかに、一九六八年のあの表彰式でともに異議申し立てをした、ふたりがいたという。

ジョン・カーロスもトミー・スミスも、そしてピーター・ノーマンも、その家族もまた、長い間、批判と非難と脅迫と差別にさらされ続けた。このとき、それぞれの国の多くのメディアも、三人の選手たちをバッシングする側の水先案内人になっていたことも忘れてはならない。

二〇〇五年になって、ふたりが卒業した大学は、スミスとカーロスの示威行動をたたえるために、銅像を建てたという記事をどこかで読んだことがあった。

そしてわたしたちの社会はいまも、あの完了していない過去をなぞるような米国大統領と向かい合っている。さらに、アメリカ合衆国に追従するわたしたちの国がある。

一九六八年、二十三歳だったわたしはいま、七十五歳になった。表彰台とは無縁な人生ではあるが、あと何度、わたしは拳をあげるだろうか。その機会は、あとどれくらい残されているか……。そんなことを考える時が多くなっている。

……喪失と獲得と解放と

さ、夕食の準備をはじめよう。

早くに家に帰ることができた日は、ゆっくりと夕食をつくることにしている。といっても、きわめてシンプルな野菜メインの料理だ。

今夜は日本蕎麦《そば》にしよう。レンコンや牛蒡《ごぼう》、ニンジン等根菜の精進揚げ。帰る途中ですでに決めていた。それから大根おろしをたっぷり添えた、だし巻き卵。そして、昨夜は食卓の上のグラスに飾っていた菜の花のおひたし。冷凍庫にホタテも残っていたはずだから、これも天ぷらにしよう。これらはひいきの蕎麦屋さんでいつも注文するメニューだが、今夕は自分でつくる。

で、愛用して古くなったまな板で、さっきからレンコンを切っている。太くて厚くて、ふっくらとしたレンコンだ。

レンコンを切りながら、レンコンの穴から遠くを見る遊びをした子ども時代を思い出す。限られた視界からの景色はなんだか興奮した。

レンコンといえば、筑前煮で女友だちを驚かせたことがあった。レンコンの輪切りそっくりの箸置きをプレゼントされたことがあったが、別の女友だちが遊びに来る夜、リクエストでつくった筑前煮の中に、この竹製の箸置きを一個、忍ばせておいたのだ。

箸でつまみそうになったら、種明かしをしようと思っていたのに、おしゃべりに夢中になって、自分の箸で摘まんで齧《かじ》ろうとしたのは、わたしだった。感触ですぐにわかったが、こういう食べ物へのいたずらは×、である。

わたしはおろしたレンコンをお団子にしてオリーブオイルで揚げ、最後にごま油をちょっとたらし、あつあつのところに醬油をたらして食べるレンコンボールも大好きだ。ほかにもシャキシャキした食感を残すように数分茹《ゆ》でて、マヨネーズと練りがらし、味噌であえたおつまみ風も、箸置きを齧りそうになった夜、同席した女友だちの好物だった。

去年も、友人、知己を見送った。一昨年もそうだった。これからも、大事なひとを見送ることがさらに増えるに違いない。あと何人の友人を見送り……、そして自分が見送られることになるのだろう。まぁ、いろいろあったけれど、面白い人生だった、いや生きることは面白いことだ……。最期を意識するようになった瞬間、そんな風に思えたらうれしい。予測でしかないが、そう思えそうな気が、かすかにする。

今年も元日に、リビングウィルを「書初め」した。去年のものとほとんど変わらない内容だ。特に、わたしの身体の変化に関する記述。現代医学ではいかんともしがたい激痛が生じ、それを治癒させる方法が皆無となった場合……、延命治療はお断りする。特に治療の現場におられるかたは、それを「敗北」ととらえないでいただきたい。一ミリグラムであろうと後ろめたさを覚えないでいただきたい。なぜならそれがわたしの望みであるのだから……。そしてそれは、わたしにとって「敗北」ではなく、望みの「勝利」であり、「喪失」ではなく「解放」であり、「終わり」でもあるが、けれど「はじまり」でもあるのだから。

さく　エド・ヴィアー、やく　きたむらさとしの絵本『ライオンになるには』（BL出版　二〇一九年）には、襲うことも獰猛《どうもう》であることも拒否したライオンが登場する。きわめて哲学的な絵本でもある。ライオンは「こういうものだ」なんてことはない。社会が定める「こういうもの」と衝突ばかりする日々をおくってきたが、それはそれで悪くはなかった、と考える私がいる。最終ページで、作者は記す。この本を、「自分自身でものを考える人たちにささげる」と。

（このあと、オリンピックの延期が発表された。延期が決まってはじめて、コロナ対策に本腰……と呼んでいいのか……をいれたような。国も、また東京も。遅い、遅すぎる）

あとがき……大事なものは

「明日が見えない」時代だ。だから怯《おび》えたり、不安になったりする。その不安が、自分とは違うグループや個人への攻撃の刃に化す場合もある。

「自粛警察」などという戦前戦中を思わせる存在は、このコロナ禍にはじまったことではない。この国の、この社会にいつだって潜み、ことあるごとに、あるいは自らことを起こして、われここにあり、と頭をもたげる「宿痾《しゅくあ》」のようなものだ。「自粛警察」はその宿痾のひとつの形にしか過ぎない。宿痾を飼ってきたのは、わたしたち自身かもしれないし、わたしたちが構成する社会かもしれない。

コロナウイルスもこわいが、ひとの心に巣喰う、宿痾もおそろしい。

これら宿痾からできるだけ解き放たれて生きるにはどうしたらいいのか。わたしの二十代からの日々はそれがテーマであったような気がする。差別意識だけではなく、欲望という宿痾もある。権力欲や名誉欲、その他の欲望からの解放である。それらを手中に収めるために使う、媚びや、すり寄りも習慣性の反射的宿痾ということができるだろう。

それらから自由であるために考えてきた。なにが大事で、なにが大事ではないかと。ごく少ない大事を考えると、世の中で大事だと考えられているものの多くが、自分にとっては大事でないものだと見えてくる。

本書のタイトル「明るい覚悟」とは、自分にとって大事なほんの僅かなものを握りしめて暮らすことであり、自分が望む自分になっていく過程を惜しまず、省略しない、自分との約束と言い換えることもできる。

反戦川柳作家鶴彬《つるあきら》の川柳ではないが、わたしたちそれぞれがいまいくつであっても、「暁をいだいて闇にゐる蕾」なのだと思う。

明日が見えない社会なら、いままでとは違うまったく新しい明日を創る、私たち自身は闇をいだいた蕾だということができる。

学生時代、わたしは歴史の時間が退屈だった。なぜなら、歴史とは、すでにできあがっていて、加筆も修正もできない物語を辿る授業であり、わたしたちはそれを辿り記憶するのが、主なる勉強であり、それがテストの成績と直結したからだ。寄り道も途中下車もなかった。が、歴史の教科書に記されることはなくとも、わたしたちひとりひとりがこれから歴史を創ることはできるはずだ。誰をも置き去りにしない歴史を。決してたやすいことではないけれど。本書のタイトル「明るい覚悟」とは、老いや衰えのさなかにありながら、さほど多くは残されていない明日に向けての、自分との約束という意味でもある。

長年のおつきあいである朝日新聞出版の矢坂美紀子さんに、本書もお世話になった。心からの感謝を。

そして、この本を手にしてくださったあなたにも。

二〇二〇年八月

装画　花松あゆみ
装幀　田中久子

初出誌　「一冊の本」二〇一八年一月号から二〇二〇年三月号まで連載、二十二回分を収録。書籍化にあたって、加筆修正した。

落合恵子（おちあい・けいこ）
一九四五年、栃木県生まれ。作家。子どもの本の専門店「クレヨンハウス」と女性の本の専門店「ミズ・クレヨンハウス」、オーガニックレストラン等を東京と大阪で主宰。総合幼児教育誌「月刊クーヨン」、オーガニックマガジン「いいね」発行人。主な著書に『母に歌う子守唄　わたしの介護日誌』『母に歌う子守唄　その後　わたしの介護日誌』『絵本処方箋』『積極的その日暮らし』『「わたし」は「わたし」になっていく』『おとなの始末』『泣きかたをわすれていた』など多数。主な翻訳書に『おやすみ、ぼく』『ダンスができないぞうさんですよ』ほか。

明るい覚悟　こんな時代に

二〇二〇年九月三〇日　第一刷発行

著　者　落《おち》合《あい》恵《けい》子《こ》
発行者　三宮博信
発行所　朝日新聞出版
〒一〇四-八〇一一　東京都中央区築地五-三-二
電話　〇三-五五四一-八八三二（編集）
　　　〇三-五五四〇-七七九三（販売）

印刷製本　株式会社　加藤文明社

©2020 Ochiai Keiko, Published in Japan by Asahi Shimbun Publications Inc.
ISBN978-4-02-251700-5
定価はカバーに表示してあります。
落丁・乱丁の場合は弊社業務部（電話〇三-五五四〇-七八〇〇）へご連絡ください。
送料弊社負担にてお取り替えいたします。

落合恵子の本

朝日新聞出版

積極的その日暮らし

母を失った日々を深く重ねながら、喜びも悲しみも憤りも積極的に引きうけてきた著者が綴る、優しい怒髪のひと時。《解説・長谷川義史》

朝日文庫

決定版　**母に歌う子守唄**　介護、そして見送ったあとに

七年の介護を経て母は逝った。襲ってくる後悔と空いた時間。大切な人を失った悲しみとどう向かい合うか。介護・見送りエッセイの決定版。

朝日文庫

質問　老いることはいやですか？

古希をむかえた著者が問い直す。何がいちばん大事？エッセイ98本と山田洋次監督、谷川俊太郎さん、なかにし礼さんほか、老いをめぐる対談も収録。

単行本